KB218478

얼음을 머금은 태양

김유형

FOREST
WHALE

프롤로그

저는 이 책을 펼친 당신이 얼음을 머금은 태양 같은 사람이 되셨으면 좋겠습니다.

뜨거운 열정으로 주변을 온화하게 다스리되, 당신을 감히 해하려는 분노가 성큼 눈앞으로 다가섰을 때면, 머금고 있던 차가운 얼음을 무심한 듯 툭- 하고 뱉어 자신을 방어할 수 있으셨으면 좋겠습니다. 이 책은 그러한 사람이 되기 위해 보다 더욱 단단해져야 할 당신을 위해 쓰였습니다. 당신이 더욱 커다란 태양이 되는 과정을 함께할 수 있어 영광입니다. 결국, 세상 모든 사랑으로 버텨온 이 글들은 당신에게 전하고 싶었던 수많은 진심 속, 결정의 맺음입니다. 그 누구보다 문학을 귀히 여겼던 열일곱이 조심스레 전한 세상의 속삭임을 꼭 끝까지 함께 해주셨으면 합니다.

독자님이 이 문장을 읽고 계시다는 것은, 제 글이 독자님께 닿았단 소리겠죠? 아주 적절한 주인을 찾은 것만 같아 굉장히 기뻐요. 줄곧 제 책이 바라볼 사람이 과연 누구일까 생각하곤 했어요. '얼음을 머금은 태양'과 제가 먼 길을 돌아온 것은, 결국 독자님이 이 작품의 진정한 주인공이라 그랬나 봐요. 부디 제 첫 작품의 영광스러운 독자님이 되어주실래요?

to. 세상에 단 하나뿐인 내 태양에게

차 례

프롤로그 2

제1장. 순간을 머금기

살아갈 수밖에 없는 이유 _14

끝이 없는 동행 _16

청춘을 아끼지 말 것 _18

무너짐을 허락하지 않는 이들 _20

아픔까지 사랑하는 법 _21

제일 소중한 것 _23

숨겨져 있는 추억 _25

후회를 원망할 필요는 없다 _27

너무 열심히 살지 않아도 돼 _29

과거를 떠나보내기 _30

사람을 만나는 일 _32

무너져도 괜찮아 _34

애틋함이 충분한 날들 _36

보이지 않는 거대한 변화 _37

너와 함께라서 낭만인가 봐 _38

당신을 맞이할 준비가 되어있습니다 _40

똑같이 당하지 않기 _41

미워할 시간이 아깝다 _43

빈틈만이 빼곡한 영원 _44

평생 그대로인 이들 _46

받은 만큼 돌려주기 _47

아픈 기억을 추억하는 법 _49

영원을 닮아가는 사람 _51

함께 버텨주는 연습 _52

숨겨진 예쁨 _54

보이지 않아 느껴지는 _56

내 사람들에게 _58

쉬어가야 할 때 _60

행복할 명분 _62

나태함에 잠식되어 _64

무모함 속에서 피어나는 것들 _65

너를 닮아가고 믿어가면서 _67

너만 아픈 거 아니래도 속상했을 거라서 _69

내가 너를 매 순간 아끼고 있음을 _71

상실과 망실을 껴안고 _73

살아달라고 하지 않을게 _75

서로에게 빌어줄 수 있는 진심 _77

의지할 구석을 많이 뿌려놓기 _79

내 글이 너에게만큼은 평생이길 _81

우리에게만 허락된 청춘 _83

제2장. 사랑을 머금기

네가 제일 예뻤던 7월 _88

내 사랑의 목적어 _90

운명의 또 다른 이름 _92

아름다운 것을 보면 약해지는 사람 _94

난 네가 그래서 좋아 _96

결국엔 내 사람 _98

어른다운 사랑을 하기 위해서 _100

가벼운 생각을 가지고 있는 사람 _102

서로를 닮아가자 _103

사랑의 정도 _104

추락까지도 함께하고픈 마음 _106

바보가 되어도 좋아요 _107

이미 져버린 마음 _108

내가 없이 당신을 하루 더 사랑해요 _110

모든 것을 포기하게 만드는 사람 _112

당연한 관계에 진심을 두기 _113

네 이름이 내 사랑에 미치는 영향 _114

끝나도 영원한 내 사랑 _115

시들어버린 배경 속에서도 추억해요 _117

약속을 약속할 용기 _119

사랑한다는 것은 _121

좋은 사람이 되기 위한 덕목 _122

너만 보면 무너지는 이유 _124

많고 많은 이들 중에 내가 너를 제일 사랑해 _125

그런 모습까지도 사랑할게 _126

나에게 나는 없이 오직 너야 _127

천년지애 _128

내가 너를 이렇게나 아껴 _129

언제나 내가 먼저인 사람 _130

사랑을 숨처럼 두는 일 _131

너에게만 _132

우리가 청춘을 말하는 법 _133

순애 _134

나는 너를 사랑하니까 _135

권태기 _136

love is all _138

너의 결혼식 _139

너를 수반하는 명맥 _140

바라고 기대해서 아프다 _141

사랑에도 부정이 존재해서 _142

제3장. 자신을 머금기

행복하셨으면 좋겠습니다 _146

영원한 네 편 _148

작은 가장자리의 기쁨 _150

그런 모습까지 아름다워요 _152

당신을 위로하기 위한 언어 _154

너네가 틀린 적은 없었어 _156

적당히 살자 _157

이런 사람이 되기 _159

좋은 사람이 되는 방법 _160

본인이 떠나갈 때를 아는 사람 _162

눈물짓던 당신의 사계절이 될게요 _164

나만의 위로를 전하는 법 _166

왜곡 없이 전하는 진심 _168

나를 사랑하는 게 먼저니까 _170

당신의 도피를 이해해요 _172

지금처럼만 _174

행복이 별거 있나요 _175

너를 아끼기엔 세상이 비겁해서 _177

당신의 하루가 평온하길 _179

선한 이들이 아픈 사회 속의 긍정 _181

위로가 상처가 되지 않게 _182

그럴 수도 있지 _184

당신은 행복해야 하니까 _185

이미 완벽한 사람 _187

모두에게 주어지는 아픔이라면 _188

너의 앞길에 더욱 만개할 꽃 _189

100 〈 99 _191

나를 위해 살아가는 것 _192

'내 사람'이라는 확신 _193

너를 멀리하는 이유 _195

괜찮아? _197

나를 찾아오면 돼 _199

필요한 말을 하는 사람 _200

너를 위한 사계절의 축복 _202

네가 제일 좋아 _204

당신과 당신을 보내고자 합니다 _205

가장 투명한 청춘기의 사랑 _207

네 뒤에서 함께 달릴게 _209

자주 만나자 _211

너무 바쁘게만 살아왔나 봅니다 _212

작가의 말 & 서평

〈작가의 말〉 _216

〈서평〉 [심리상담사 겸 교사 홍성신] _220

[인플루언서 정채은] _222

[유튜버 김그린(활동명)] _223

제1장.

순간을 머금기

살아갈 수밖에 없는 이유

이 순간이 영원했으면 좋겠어요.

순간은 잠깐이기에 예쁜 것이라지만, 당신과 함께하
는 이 순간만큼은 영원했으면 좋겠어요.
영원히 간직하고픈 사람이, 사랑이, 추억이, 물건이
있다는 것은 참으로 낭만적인 일인 것 같아요.

우리는 그러한 존재가 있다는 것 자체로 살아가야 할
구실을 얻고
하찮은 위기들을 애써 이겨내야만 하는 명분을 얻고
수많은 악과 싸울 수 있는 용기를 얻어요.
나만의 모양새를 닮아가는 추억이 있다는 것
그 주체가 당신이라는 것이 제게 주어진 최선이자 최
고의 행복이 아닐까 싶어요.

이 글을 봐주는 당신 덕분에, 저는 오늘도 결국 살아
갈 이유를 한 번 더 얻었네요.
제 말과 글이 당신에게도 그런 존재였음 싶어요.
고된 하루의 마침표가 당신과의 추억이라 기뻐요.
평소처럼, 아니라면 오늘만큼은 고운 밤이 되기를 바
라요.

끝이 없는 동행

모든 일에 동행하자.

같은 바다에서 깊이를 논하고
같은 행복에서 가치를 바라고
같은 낭만에서 서로를 찾아내고
같은 집 안에서 온기를 나누자.

우리의 일생은 하루로 끝날 짧은 입놀림이 아니잖아.
이 넓은 세상에서 감히 너를 만났는데, 그저 본래의
것들만 지키기엔 너와 내 청춘이 너무 아깝잖아.
함께라면 찾을 수 있어.
함께라서 찾을 수 있어.

우리는 서로의 가치를 느낄 수 있어.

막연히 사랑할 수만은 없었던 당시의 추억과, 사랑하기 위해 낭비했던 우리의 청춘을 용기 있게 바치자.

죽는 날까지 함께하자.

청춘을 아끼지 말 것

청춘을 아끼지 말 것.
그 당시에만 가질 수 있는 것들을 너무 매몰차게 내
몰지 말 것.
사랑을 나눌 것.
나눴을 때 더욱 커지는 것이 있다는 걸 잊지 말 것.
사람을 신뢰할 것.
누군가를 필요 이상으로 진정성 있게 믿을 때야 본질
이 실현될 수 있다는 것을 기억할 것.
본인의 능력을 인정할 것.
남보다 본인의 능력을 높게 인정하고 평가할 것.

잊지 마세요.
본인들의 청춘을 낭비하지 마세요.
본인들의 사랑을 가볍게 여기지 마세요.

본인들의 인간관계에서 효율을 따지지 마세요.
본인들의 고유한 능력을 외면하지 마세요.

이때에만 느낄 수 있는 감정들을 아끼지 말고 펑펑
쏟아내세요.
젊음과 시간엔 한계가 있지만, 저희의 추억은 언제나
무한하잖아요.

무너짐을 허락하지 않는 이들

오늘도, 언제나 그랬듯 넘어지는 나를 가만두고 못 보
는 사람들 덕분에 살아갈 용기를 얻어요.

내가 홀로 밥을 먹는 것을
내가 홀로 거리를 걷는 것을
내가 홀로 방 안에 있는 것을
내가 홀로 옥상 위를 배회하는 것을
그저 지켜만 보지 않는 사람들 덕분에 하루를 버텨요.

본인의 향을 묻혀가며 명맥의 명분을 가득 쥐여주는
사람이 있기에, 하루를 더 살아갈 필요를 얻어요.
제가 당신에게 그런 존재가 되어드려도 되는지 궁금
해요.
제가 당신이 포기하지 않고, 버텨낼 수 있는 커다란
핑계가 되어봐도 될까요.

아픔까지 사랑하는 법

누구에게나 추억하고 싶지 않은 기억들이 있잖아요.
그런데 저는 당신이 그러한 아픔을 깊은 내면에서 꺼
내곤, 예쁜 말들로 메워진 마음으로 그것을 고이 품어
주었으면 좋겠어요.

그저 묻어두면, 그렇게 가둬두면, 아픔이 연해질 때쯤
그것이 스스로 나를 떠나갈 거라고 생각했던 시절이
있었어요.
저에겐 아픔을 받아들일 용기도, 수용할 여유도, 이해
할 이유도 없었거든요.

그런데 생각해 보니 제 예쁨도, 아픔도 전부 제 이름
을 모본한 여린 존재였는데, 매서운 손짓으로 그들을
구속한 건 저 자신이었어요.

우리의 어두운 기억을 너무 안 좋게 치부하지 말아요.
우리의 인격이 담겨있던 짧은 방황을 부정적으로만
입에 올리지 말아요.

그 시절의 못난 내가, 과거와 현재를 가름할 수 있는
나를 만들었다는 사실은 변치 않으니까요.

제일 소중한 것

원래 제일 별거 아닌 것이 가장 소중한 거예요.

언제나 살아가게 하는 숨결이
곁에 남아 조용히 어깨를 내어주는 사람이
오늘도 주어진 바로 이 순간이 제일 소중한 거예요.

당신에게서 떨어지지 않는 숨결이 영원하지는 않잖
아요.
당신의 불행한 날에도 행복을 찔러주는 그 사람이 평
생을 함께한다는 보장은 없잖아요.
당신의 오늘이, 현재에 닿지 못했던 이가 미치게 원하
던 소망이었을 거잖아요.

먼 훗날, 모든 게 떠난 후에야 그것을 깨닫지 않기로
해요.

묵묵히 현재의 것을 지킬 줄 아는 사람이, 미래를 개
척할 수 있는 힘을 얻잖아요.

당신은 충분히 그럴 수 있는 사람이잖아요.

숨겨져 있는 추억

모두의 추억과 희망은 솔직하게 군데군데 잘 숨겨져
있는 것 같다.

길 가다 무심코 돌아본 오래된 놀이터에도
서랍 속에 대충 넣어뒀던 작은 돌 조각에도
색이 바랠 때까지 입고 또 입었던 낡은 겉옷에도
떠나버린 이와 함께한 폴라로이드 사진 한 장에도
잊혀졌다 책망하던 우리의 추억은 다 소리 없이 본인
들의 자리를 지키고 있었다.

그때의 행복한 의미를 쓰라린 기억으로 치부하는 건,
시간의 야속함이 아닌 바로 우리였다.
남은 건 그때의 그리운 과거가 아닌, 그 과거를 현재
의 행복으로까지도 끌어올릴 수 있는 능력을 갖춘, 어

른이 된 우리였다.

이 순간도 지나가 잊혀질 과거가 아닌, 잊지 못할 평
생의 하이라이트로 질릴 때까지 아껴주기를.

후회를 원망할 필요는 없다

후회란 막연하게 다른 감정으로 변질되기 쉬운 말장
난이 아니다.
우리를 어두운 심연에서 깨우는 소리이자
공구를 털어낼 용기를 쥐여주는 신비로운 힘이다.

후회가 스며드는 순간, 우리는 그 감정의 진통을 느끼
며 더욱 깊이 있는 존재가 된다.
비록 그 아픔이 우리를 답답하게 짓누를지라도
과거의 눈물에서 비롯된 배움으로 보다 나은 선택을
할 수 있는 지혜의 원천을 선물하게 된다.

그러니 후회를 애써 부정하고, 차갑게 외면할 필요는
없다.
어쩌면 후회라는 것은 모든 것을 쉽게 망각하는 이들

에게 주어지는 최선의 충고일지 모른다.

나는 네가 이 모든 것을 이겨내고 결국엔 다시 일어
날 수 있으리라 믿는다는 미숙한 위로일지도 모른다.

너무 열심히 살지 않아도 돼

지금이 앞으로 우리가 살아갈 인생 속에서 제일 젊을 때라는 말을 봤다.
그러니 훨씬 더 열심히 살아야겠다며 모두가 고개를 끄덕이고, 두 손뼉을 쳐댔다.

어째서 우린 여백 없이 다음으로 넘어가려고만 애쓸까.
몇 분쯤은, 몇 시간쯤은
하루쯤은 적당하게 살아도 될 텐데.
당신이 먼저 여유로운 사람이 되어야, 당신이 사랑하는 이들 또한 여유를 만끽하며 살 수 있을 테니.
남들 따라 꾸역꾸역 살아보려 노력하지 않아도 괜찮다.
스스로가 비참하지 않을 정도로만 버텨내도 충분하다.

과거를 떠나보내기

지나간 일들과 떠나간 이들에게 미련을 붙이지 말아요.
지나가 버린 일들은 딱 그 정도의 가치를 가진 것들
이라 그런 거잖아요.
당신을 총애하는 것들 이상에 애정을 붙이지 않아도
괜찮아요.

충분히 힘들었을 거 알아요.
많은 사람에게 사랑받고 싶었을 거고
셀 수 없는 고통들이 사라지길 바랐을 거고
아끼는 이들을 더 잘 챙겨주고 싶었을 거란 걸 알아요.
그렇기에 갑작스레 떠나는 것들이 두려웠을 거고요.

멀어져 버린 것들까지 되찾으려 노력할 필요 없어요.
가치가 충분한 것들은 어련히 돌아오기 마련이거든요.

결국에 떠나갈 것들은, 순간순간에서 포탈을 청해도
마지막은 본인만을 위할 것이거든요.
대신 저는 상처받은 당신을 위해 현실을 선물할게요.
과거로 도망치려 하지 않아도 괜찮아요.
저랑 함께 맞서 싸워요.

사람을 만나는 일

사람 한 명과 만나고 헤어지는 단순한 일이 때론 엄청난 파장을 불러오는 것 같아요.

내가 모든 것을 포기하려 할 때, 내 두 눈을 똑바로 바라봐주고
내가 어느 것에도 집중하지 못할 때, 먼저 나서서 이정표를 메꿔주고
내가 세상에 존재하는 것들을 비관적으로 바라볼 때, 주변에 숨겨진 긍정의 본질을 불러주고
내가 사랑을 부정할 때, 자신의 존재가 여전함을 증명해 줘요.

반복적인 새로움으로 나를 늘 기대하게 만들어요.
사람은 사람을 변화할 수 있게 만들어요.

사람은 고쳐 쓰지 못한다는 것을, 당신만을 믿고선 결국에 틀린 것임을 상기시켜요.
그러한 이들을 곁에 두는 것도 좋지만, 스스로 그런 평가를 받는 사람이 되어야겠다고 다짐해요.

비록 모든 나날에서 갑작스럽게 성장할 순 없겠지만, 주변의 모두를 닮아 가보려 지금도 노력하고 있어요. 주변의 모두를 만나는 일분일초를 아끼려 노력하고 있어요.

무너져도 괜찮아

영원을 말하던 친구는, 안부조차 물어보지 않는 사이
가 되었다.
며칠을 똑같이 찾던 음식은, 마지막으로 먹은 게 언제
인지조차 기억나지 않는다.
실밥이 풀리진 않을까- 노심초사하며 입었던 옷은,
버릴지 말지 고민하는 옷이 되었다.

서로 정말 질린다며 목에 핏대를 세우던 친구는, 외로
울 때마다 제일 먼저 찾아오는 사이가 되었다.
어렸을 때 절대 먹지 않겠다며 울부짖던 음식은, 내
돈을 주고 사서 먹게 되었다.
조금 있다가 버려야지- 하며 옷장 속에 구겨뒀던 옷
은, 내 손에서 제일 가까운 곳에 놓아두게 되었다.

인간관계도, 음식도, 옷 몇 벌도 그렇게 쉽게 변해버
리는 게 인생인데.

나 자신이 한 번쯤 무너지는 건 별것이 아니지 않을까.

모두가 변했다 손가락질 해대도 뭐 어떤가.

그렇게 평가하는 사람들도 언젠간 변할 텐데.

새로운 나를 찾아가는 과정을 그 누가 언감히 이기적
이라 욕할 수 있겠나.

애틋함이 충분한 날들

무거운 온기가 남아 있는 하늘은, 그것의 마무리에서
우리에게 소중한 추억을 선사한다.

낯선 거리에서 만난 잔존하던 향기의 존재감은, 우리
에게 시기 지난 추억을 불러일으킨다.

너의 눈동자를 닮은 별들이 만개한 밤하늘 아래서, 우
리가 몰래 나눴던 이야기들은 모두가 귀담아듣는 노
래가 된다.

이 순간도 언젠간 지나갈 추억이자 과거라는 것이, 얼
마나 낭만적인 말인지.

영원할 수 없다면 받아들이는 수밖에.
무한할 수 없다면 더욱 아껴주는 수밖에.
앞을 알 수 없다면 지금보다 세차게 달려보는 수밖에.

보이지 않는 거대한 변화

고개를 올리면, 내 첫 기억과는 꽤나 다른 사람들이
가득하다.
키가 크고, 살이 빠지고, 머리가 길어지는 것들과는
별개로.
목소리에 당당함이 더 깊게 녹아들고
부릅뜬 두 눈에 확신이 가득하고
한 걸음, 두 걸음 뗴는 발걸음에 열정이 그득하게 들
어찬 채로 나를 반긴다.
물론 그 사람들의 바뀐 외면이, 바뀐 눈빛과 발걸음이
멋있는 것도 맞지만,
변하기 위해 노력한 그 사람의 진취적인 불길이 뜨겁다.
그 어떤 것보다 근사한 강렬함이 감싸고 있다.
겉으로 보이는 결과보다, 그 과정 속에서 드러나는 노
력 속 침묵의 아우성이 그 어떤 것보다 드높게 사람
을 비춘다.

너와 함께라서 낭만인가 봐

낭만이 별거 있나.

봄에 너랑 떨어지는 꽃잎 누가 더 빨리 잡나 내기하
는 거.
여름에 너랑 손에 땀 쥐면서 아이스크림 내기하는 거.
가을에 너랑 똑같은 떡볶이 코트 입고 입 삐죽거리며
사진 찍는 거.
겨울에 너랑 손 비비면서 눈사람 모자를 씌울까 말까
깊이 고민하는 거.

필요 이상의 다른 말들로 표현할 게 뭐 있어.
네 이름 석 자 자체가 낭만이고 청춘인데.

세상 사는 사람들 모두가, 듣기만 해도 가슴이 두근대
는 이름 한 개 쯤은 꼭 품고 살았으면 좋겠다.
나에게 그런 존재인 너에게, 내가 그 영광스러운 대상
이자 소중한 명사이면 좋겠다.

당신을 맞이할 준비가 되어있습니다

언제나 당신을 맞이할 준비가 되어있습니다.

사랑이 감정 소비라며 투덜대고선,
제 어깨에 다정히 손을 올렸던 당신을 사랑하고 있습니다.
한 번 봤으면 됐다고 손사래 치고선,
작은 꽃다발 하나를 들고 저를 기다렸던 당신을 그리워하고 있습니다.

하루, 하루가 지나기 무섭게 좋은 사람으로 꾸준히 성장해 나가는 당신을 기다리고 있습니다.
언젠간 돌아올 당신을 언제나 맞이할 준비가 되어있습니다.

똑같이 당하지 않기

그만하자

끽해야 네 음절의 짧은 한마디가 사람의 몇 년을 예고 없이 훼방 놓는다.
소중히 이름을 껴안고 있던 사람에게, 난데없이 애정의 끝을 나타내는 척도를 홀로 정해 앞세운다.
아직 준비가 되지 않았다는 사람에게, 탐탁지 않은 핑곗거리로 두 번째 상처를 밀어 넣곤 떠난다.
그래 놓곤 시간이 지나 세 번째 상처를 안기려 성큼 눈앞에 나타난다.
내가 제정신이 아니었다.
그 짧은 순간 안에 마음이 식진 않았을 거다.
우리가 만난 세월이 있지 않냐.
멋쩍은 웃음과 격양된 얼굴을 하고선, 겉만 그럴듯한

저속한 마음을 설명하려 든다.

모든 것엔 때가 있다.

그 적절한 때를 찾아 자신을 가꿔내는 것이다.

그것을 소중히 여기지 않는 공리적인 이들로 인해,

수많은 이들이 자신들의 주어진 절정을 망치게 된다.

당신의 순간을 망쳐놓고 당신을 이용하여 자신의 순간을 개척하려는 사람에게

스스로의 시간을 조금도 허비하지 않기를.

스스로를 알아챌 시간을 힘써서 선사하지 않기를.

똑같이 갚지는 못하더라도, 똑같이 당하지는 않기를.

어질고 바른 당신에게 언어의 흠집이 허용되지 않기를.

미워할 시간이 아깝다

누군가를 악을 쓰며 미워하는 것만큼 부질없는 일이
또 없다.

망해라.
원하는 대로 절대 되지 말아라.
모든 일이 악착같이 꼬여라.
이루었던 것들이 한순간에 무너져 버려라.

그렇게 저주하는 것만큼 쓸모없는 일이 없다.
그 시간에 나를 위로하기도 바쁜데.
그 시간에 나를 다루기도 바쁜데.
남을 끈덕지게 원망하기 이전에, 나 자신이나 한 번
더 가꾸자.

빈틈만이 빼곡한 영원

세상에 영원한 건 없다고 생각했다.

우리가 지금 마시고 내뱉는 공기도. 지금 내 옆에서
웃고 있는 사람도. 우리가 몸담고 있는 지구조차도,
절대 영원하지 않으니까.
그래서 두려웠다.
그렇기에 무서웠다.
그렇지 않을 존재들에, 실제로 그러했던 것 마냥 산란
하게 애정을 쏟아버리는 내가 미웠다.

그런데, 빈틈만이 빼곡한 내 영원이 끝날 때엔 꾸준히
쌓아 올렸던 애정들이 그 사람의 영원을 너무나도 아
름답게 꾸며주고 있었다.

영원한 것은 없다.
평생 그대로인 물건, 사람, 장소, 삶은 없다.

하지만 우리는
하지만 나는
그 영원의 끝자락을 장식할 수 있는 것들을 영원하게
사랑해야만 했다.
지금부터라도, 영원히.

평생 그대로인 이들

내 주변에서 웃는 이들과 공생할 수 있어 늘 감사하다.
패인 주름이 한둘이 아닐 때까지 유치하게 놀고
말려가는 목소리로 옛날 별명을 부르고
손이 쭈글쭈글해질 때까지 우스꽝스런 표정을 지으
며 사진을 찍는 사이.
그런 소중한 사람이 주변에 가득해 좋다.
지금에야 당연한 것들을 귀하게 여길 때까지, 나와 비
슷하게 늙어갈 이들이 그대로인 것이
얼마나 복스러운 일인지 모른다.

받은 만큼 돌려주기

나보다 하루를 더 오래 한 사람은 더 이상 늘어나지
않는다는 사실이 꽤 비참하다.

우리는 모두 누군가의 보살핌을 받으며 자랐고
누군가의 꾸중을 들으며 눈물을 흘렸고
누군가의 축하 속에서 환하게 웃었을 텐데

시간이 지날수록 그들이 나의 기억 속에서 추억으로
여겨지는 게
선명하던 목소리의 잔상이 간절해지는 게
또렷하던 입가의 미소가 어떤 모양으로 자리하고 있
었는지 기억이 나지 않는 게
자각하는 그 순간에도 흐르는 시간이 미치도록 야속
하기만 하다.

하지만 그 순간에도 우리가 돌봐야 할 이들은 계속해
세상을 맞이하고 있으니까.
자책하는 대신
슬퍼하는 대신
두려워하는 대신
그들을 우리가 받았던 애정의 시간만큼 똑같이 사랑
해 줘야 한다.

내가 받았던 우려와 정성만큼, 남들에게 잘 돌려주고
왔다고.
내가 품고 있던, 누군가가 기부했던 모든 기쁨을
피어나는 이들에게 오롯이 전달해 주고 왔다고.
우린 먼 미래에 그렇게 말해줘야 하니까.

아픈 기억을 추억하는 법

사진의 명도가 옅게 바랠 때마다 한참을 바라보게 된다.

다시는 보지 말자며 등을 떠민 사람은 많았고, 아무런
저의 없이 멀어진 이들은 그의 몇 배로 많았다.
어찌 보면 모두가 만나고, 헤어지는 것은 너무나도 당
연한 일일 뿐인데.
우리는 똑같이 뜨거운 눈물을 흘리고, 애처로움이 가
득한 눈동자를 애써 아닌 척 굴려댄다.

이별을 담담히 받아들이는 이들은 엄청난 노력을 해
왔을 것이고,
그것조차 긍정으로 넘겨버리는 이들은 어쩌면 만남보
다 헤어짐을 더 많이 수식해 온 사람일 지도 모른다.
받아들이기 힘든 것을 당연하게 여기라는 말은 그리

가볍지 못하다.

그럼에도 그것을 이뤄낸 사람
축축해진 무게를 거둬낸 사람
단호한 부정을 벗겨낸 사람

우리는 그 모든 모습을 배워야 할 필요가 있다.
방금 막 떠나간 것을 아프지 않게 추억하는 것을
뒤이어 떠나보낼 것을 미련 없이 놓아주는 것을
다시 돌아올 때까지, 내가 아프지 않을 방법을 알아채
는 것을 말이다.

영원을 닮아가는 사람

영원을 닮아가는 이들이 굉장히 부럽다.

모든 것엔 이별이 손을 내민다는 걸 알기에,
남에게 기대하지 않고 스스로 영원이 되기로 결심한
이들이 그렇게 대단할 수가 없다.

남들이 언제나 웃어주길 바라기 전, 오늘 자신의 눈짓
은 다정한지 살피고
남들이 네가 좋아하는 음식을 먹자고 하기 전, 오늘은
네가 궁금해했던 시장에 가보자고 말하고
남들이 집 앞까지 와주기 전, 이번엔 내가 너에게 가
주고 싶다고 웃어주는 사람.

금세 질려 떠나갈 틈을 절대 주지 않는 사람.
'영원'을 함께하고 싶게 만드는 사람.

함께 버텨주는 연습

별다른 배경 없이, 잠깐의 위로로 상대를 아는 척하지 않도록 노력한다.

우리가 어찌 타인을 전부 이해할 수 있을까.
경험해보지 못한 일인데, 감히 자명한 잔상의 위로로 울어줄 수 있을까.

그럼에도 들어주려고 한다.
무심한 척 귀를 열고, 묵묵히 손을 잡아주려 한다.
그저 들어주고, 함께 버텨주는 연습을 한다.
입 밖으로 꺼낸 가벼운 말보다, 감춰두어 더욱 풍부한 몇 번의 진심을 삼킨다.
자신이 겪어보지 않은 일에 꾸준히 진심으로 동조할 수 없기에.

위로를 아낀다.

대신 광활한 '나'를 건넨다.

월등히 진실하고 고결한 박동을 전한다.

숨겨진 예쁨

아무도 눈여겨보지 않는 것들 속에서도 예쁨을 찾는
사람이 있다.

본체만체 지나가는 꽃 한 송이에서도
아이들이 가득 그려놓은 벽의 낙서에서도
손님이 끊긴 허름한 분식집에서도
모두가 한 번쯤은 거쳐 갔을 법한 낡은 책에서도
꾸준히 예쁨을 찾아내는 사람이 있다.

평범한 것에서도 아름다움을 느낄 줄 아는 이들은, 똑
같은 역경이 찾아와도 더 빨리 회복하는 방법을 안다.
더 유연하게 대처하는 방법을 알고, 더 태연하게 다루
는 방법을 안다.
그 뒤에 찾아오는 교훈조차 아낄 줄 알기에.

모든 것을 사랑할 줄 아는 사람은 모든 것의 어두움
또한 포용할 줄 안다.
결국 남들보다 훨 단단하고 굳세게 살아간다.
작은 타격에도 쉽게 무너지지 않는다.
비겁하게 피하지 않고, 도망치지 않는다.

내가 다칠까 섣불리 겁먹지 말고 당시의 예쁨을 찾아
야 한다.
그때에만 발견할 수 있는 것들을 찾아 만끽해야 한다.

보이지 않아 느껴지는

겉으로 이렇다 내비치지 않아도 느껴지는 존재.

함께하는 것만으로도 가슴 한구석의 응어리가 녹아
내리고
모든 것을 부정하던 귓가에 희망을 허락하게 되고
팔짱을 풀고 예쁜 꽃 한 송이를 쥐게 하는 사람.
이름 석 자만 들어도 출처 모를 평안이 뒤따르게 하
는 사람.
입 밖으로 꺼내지 않아도, 자신이 충분한 품이 될 수
있다는 사실을 은연중에 내뿜는 사람.

그 사람의 품에 들어가 다양한 모습의 부담들을 덜어
놓는다.
한없이 관용을 베푸는 사람에게 안겨 불투명한 형태

의 투정을 씻어내린다.

그와 동시에, 보답이라는 명분으로 조금씩 흐르는 그
사람의 고통을 닦아본다.
깊은 내면 속에서 소란하게 피어버린 슬픔의 뿌리까
지 찾아 깔끔히 뽑아버린다.
당연하다는 듯이 이번엔 내가 베풀 차례라며 준비한
마음의 손수건을 또다시 건넨다.

내 사람들에게

언제나 곁에 있겠다는 말을 반복하기 쑥스러워 다른 핑곗거리를 찾아요.

우리는 그것을 서로의 또 다른 은어로 '애정'이라 칭하고,
아무도 알아듣지 못하는 속삭임으로 '진심'이라 발음해요.
흘러가는 초침과
서서히 눈을 감아오는 하늘과
자신이 있어야 할 곳으로 돌아가는 사람들에게 들리지도 않을 원망을 양껏 쏟아내요.
반짝거리는 도시의 밤을 환하게 만끽하고 또렷한 물결의 손짓에 시간을 보내요.
나는 너의 약함조차 예쁘다고 했지만, 결국엔 좋은 모

습만을 눈에 담아요.

절대 잊지 못할 날에 더욱 야속하게 빛나던 하늘의
불빛과, 그보다 더 정겨웠던 그들의 온기를 속으로 그
리며 잠에 들어요.

동시에 그 사람들의 새벽까지 평안하길 빌어요.
모쪼록 모두의 마무리가 덧나는 곳 없이 건강하길.

쉬어가야 할 때

우리 모두에겐 '쉬어가야 할 때'가 많이 부족한 것 같다.
숨 돌릴 틈 없이 발걸음을 재촉하고
초침과 분침에 자신을 욱여넣어 가며 살아간다.
하지만 그러한 노력이 무색하게도, 마침표는 꽤나 다
급하고 허망하게 자리 잡는다.

각자가 저들만의 그럴싸한 이유를 가져다 대면
우리는 그것에 힘없이 휘둘리고, 대체로 자신의 의지
없이 끝을 발음한다.
'마지막'은 자신이 쌓아왔던 모든 것들을 내려놓을
수밖에 없는 최선의 한계라 여긴다.

하지만 모두가 그리 생각함에도, 다시 고쳐 말해주고
싶다.

'마지막'은, 잠시 쉬어가야 할 시간을 유연하게 알리는 수단이다.

스스로를 가두던 급급함을 잠시 벗고, 제 2의 새로운 시작을 말하는 일종의 신호탄이다.

한 과정의 뜻깊은 끝맺음이기도 하지만, 또 다른 여정의 시작을 나타내는 안내문이다.

마지막은 발전과 수양을 멈춰야 하는 때가 아니다.

우리가 잠시 쉬어가야 할 때다.

뒤이어 다음 기회의 출발선으로 발을 내디딜 때다.

행복할 명분

우리 아빠는 늘 그렇게 말했다.

단단한 사람이 되라고.
작은 말과 작은 행동 하나에 크게 무너지지 않는 사
람이 되라고.
앞으로 몇십 년쯤 뒤에, 더 큰 세상에 나가면 울고 싶
은 일이 훨 많이 생기니
벌써부터 이리 작은 일에 눈물 흘리면 안 된다고.

그에 맞춰 나는 애통의 눈물만을 흘렸고
스스로가 불행한 사람이라며 어리숙한 푸념만을 늘
어놓았다.

그럴 때면 대체 무슨 소리냐며
해가 감춰지면 들어갈 집이 있고
혼자만의 방이 있고
좋아해 늘 찾는 음식이 있고
읽을 수 있는 책들이 있고
반겨줄 가족이 있지 않냐고
네가 얼마나 행복한 사람인지 너는 아냐며
그리 말하며 나를 꼭 안아주곤 했다.

행복할 방법은 간단하다.
모두가 '행복함'을 찾기엔 인색해도
'불행하진 않을 이유'를 발견하는 것은 되려 쉬운 일
이 아닐까.
내가 웃어야 할 구실을 찾기보다
찡그리지 않는 것으로 만족하며 가볍게 살아가는 것
은 꽤 만만하지 않을까.

나태함에 잠식되어

무언가를 잃어 앓고 있다면, 그냥 흠뻑 젖은 채로 내리는 비에서 일렁이는 감상에 취하자.

아무도 탐내지 않는 봄꿈에 쓰러져 허망된 웃음으로 며칠을 낭비하자.

뉘엿뉘엿 넘어가는 햇살에 잔뜩 찌푸리며 쓸쓸함을 반기는 삶을 살자.

나태함에 잠식되어 들려오는 소리에 녹아내리자.

가능한 최선으로 힘을 빼고 지내자.

그럼 언젠간 괜찮아지겠지.

어제보다 더, 내일보다 덜 따뜻한 태양이 뜨겠지.

또 다른 나만의 태양이 다시금 나를 쓰다듬겠지.

그 연도의 첫 여름이 먹구름을 해칠 테니까.

무모함 속에서 피어나는 것들

차마 입 밖으로 꺼내기 민망할 정도로, 너무나 비관적
인 삶을 살아왔다.

내가 한 선택이 최선이 아닐까 쉽게 겁먹고
그 탓에 나보다 아파할 이들을 급히 생각하고
확신이 없었던 결정을 신뢰하는 것을 극도로 기피했다.

분명하지 않은 미래에 심한 공포를 느끼고, 타인들의
질타와 "그럴 줄 알았다" 민감한 외마디에 보란 듯이
무너졌다.
과도한 욕심을 내려두지 못하면서, 그것이 가져올 뒷
감당을 무던히 해낼 용기조차 없었다.

그런 말이 있다.
'작은 기회로부터 위대함이 시작된다'

후회하기 전에 한 번 더 해보자.
결과가 어떻던, 일단 시도는 해보자.
실패해도 뭐 어떤가.
제일 용감할 수 있을 시절의 후회 한 번이 뭐 그리 대수라고.
그때 내가 할 수 있었던 최선에 또 다른 무게를 짊어지게 하지 말자.

부딪히자.
실패하고, 좌절하고, 낙심해도 괜찮다.
속으로 계속 되뇌자.

망해도 어때.
마지막으로, 후회 한 번 더 해보는 것뿐이야.

너를 닮아가고 믿어가면서

나는 나를 믿을 수 없지만, 내 곁에 숨 쉬는 이들을 믿고 하루 더 나아가기로 한다.

비록 내가 많이 어수룩하고 미욱한 사람이라, 어색한 표현을 수정하지 못하고
작은 일에 눈길을 주지 않는 법에 여리고
'사랑하고 좋아할수록 아껴줘야 하는 거야'를 몸소 실천할 줄 모르고
날마다 떠오르는 햇빛을 마냥 반갑게 맞이하지 못함에도

꾸준히 들어왔던 너는 결국 튼튼한 사람이 될 거라는 위로들로, 너만큼 주변을 세심하게 살피는 사람을 본 적이 없다는 칭찬들로, 네가 아니면 아무도 할 수 없

다는 확신들로 번져왔던 그동안의 실수를 달래보기로 다짐한다.

만에 하나 그들의 믿음이 잠시 엇나가 진실을 좀먹더래도,
완벽함이 실패에서 얻은 모든 것을 미화시킬 수는 없는 법이니까.
열병을 앓았던 사람이 다음 여름을 두려워하지 않게 될 테니까.
많은 이들이 긁어놓은 나무가 더 뿌리 깊게 자라기 마련이니까.

나는 내가 너를 닮아가 너를 태울 수 있는 하늘이 될 수 있음을 신망하려 한다.

너만 아픈 거 아니래도 속상했을 거라서

당시 느꼈던 감정을 괜히 포장하고 숨기려 들지 말자.

내 힘듦을 모두가 겪어야만 하는 일로 치부하지 말고
내 행복을 아담한 행운으로 넘겨버리지 말고
내 외로움을 내가 놓친 것들에 대한 인과응보로 여기
지 말고
내 슬픔을 한순간의 방황으로 인한 후회로 엮지 말고
힘들었다, 행복했다, 외로웠다, 슬펐다 바로바로 말하자.

다들 저마다 미치게 힘들고, 사연 없는 이들은 없다지
만 나도 그만큼 꿋꿋이 버텨왔지 않은가.
털어놓을 자격 정도야 이미 충분하지 않은가.
너무 많은 사람에게 의지했고, 성장할 기회들을 떠나
보냈고, 가끔은 쉬어도 될 자격조차 없는 사람이었을

지 몰라도

모두가 오지 않기만을 바라던 역경 모조리 이겨내고 여기까지 온 것으로도 대단하다.

무얼 해도 자랑스럽고 앞으로 어찌 나아가던 응원받아 마땅하다.

얼마만큼 삐뚤게 휘어졌었는지는 중요치 않다.

앞으론 맞아버린 세상 풍파 모양 맞춰 그대로 뱉어내고 살아가길.

이만큼 힘들었어요, 이 정도로 버티기 어려웠는데 웃으려고 노력했어요, 매일 밤을 가득하게 울었는데 극복했어요, 마음껏 자랑하고 포근하게 쉬어가길.

내가 너를 매 순간 아끼고 있음을

너는 내가 얼마나 너를 매 순간에 아끼고 있는지 모르겠지.
지천에 흩뿌려져 있는 축복을 전부 곱게 모아 왜 너에게만 바치고 싶은 것인지 이해하지 못하겠지.

어째서 가슴이 집중하라 소리쳐도 하루에 몇 번씩 책상에 네 얼굴을 그리고 있는지
이유 모르게 사소한 것을 붙잡을 때마다 너를 세상에 자랑하고 싶다는 딴생각을 하는지
유별나게도 자랑할 거리 몇십 개를 적어도 뒤이어 몇백 개를 더 써내리고 있는지
이상하게도 내가 가라앉고 있어도 날아오르는 너를 보고 얼마나 행복한지
특이하게도 너와의 동행한 세월의 곱절로 내가 우리

를 크게 음미하고 있는지

너는 평생을 모르겠지.
내가 내보였던 모든 것들은, 내가 너를 매사에 최고로
사랑하고 있다는 자부심이라는 걸.
그렇기에 운명이 우리를 갈라놓는대도 다시 너를 찾
을 거라는 맹세라는 걸.
신의 뜻을 거역하고 순리를 어기더라도 꼭 널 만나야
겠다는 호소라는 걸.
다음 생에도, 그다음 생에도 너를 똑같이 웃게 할 거
라는 결심이라는 걸.

그러고 싶다는 바람이라는 걸.
그렇게 만들겠다는 의지라는 걸.

상실과 망실을 껴안고

우리도 언젠간 누가 그랬냐는 듯이 손가락에 걸었던 맹세를 저버리고 각자의 자리로 돌아가겠지.

평생 서로의 세 글자가 되어주고
별다른 약속 없이 오고 갈 수 있는 고향으로 남아주고
제일 비참할 때 찾아가도 마다치 않는 바다가 되겠다는
그런 실없는 소리가 기억조차 나지 않게 될 거야. 그렇지?

서로의 낯빛에 느낌표보다 물음표가 더 자주 떠오르게 될 거고
같은 곳에서 잠을 청했던 날이 언제였는지 가물가물해질 거고
겹겹이 접혔던 눈꼬리의 모양과 소리 내어 웃던 목소

리가 선명하지 않을 날이 올 거란 걸 부정하진 않아.

과도하게 얇고 진하게 맑은 내 사람들아
먼 훗날 모든 것이 사라지고 그것을 추억하던 이들조
차 떠나가는 그전까지 듬뿍듬뿍 사랑하자.

많이 예쁘고 너끈하게 빛나는 나만의 별들아
우리 같이 환하게 손잡자.
아무도 우리의 기억들이 연약하다 비난할 수 없게
서서히 엉켜오는 상실과 망실을 껴안고 그보다 더 세
게 입 맞추자.

살아달라고 하지 않을게

죽지 말라고 하지 않을게.
무작정 버티라고만 하지도, 너 없이 내가 어떻게 살
수 있냐고도, 그럼 나도 따라 떠나버릴 거라고도 하지
않을게.

그냥 같이 하루만 더 살아 보자고.
하루, 이틀, 사흘 뒤에도 살아야 할 이유가 단 한 개도
없었다면 그제야 네 빈자리를 허락해 주겠다고.

다만 내가 맛있는 음식을 들고 꾸준히 찾아갈 거고
집 밖으로 나오지 않으면 몇 통씩 전화를 걸 거고
함께 유명한 곳들을 누비며 사진을 찍을 거고
마음에 드는 책 문구를 찾아 적어 건넬 거고
별이 예쁜 날이면 옥상에서 오래오래 구경할 거고

네가 늘 망설이던 다리 위에 너보다 먼저 도착할 거야.

절대 먼저 살아달라고 말하진 않아.
그 말을 제외한 모든 진심으로 살아가게 할 뿐이야.

서로에게 빌어줄 수 있는 진심

주변인들이 하루 더 즐겁게 살아갔으면 하는 마음에
자신을 갉아먹었다.
사랑해라, 즐거워라, 평온해라, 무탈해라, 괜찮아라,
일어나라 작게 빌 때마다 내 조각을 크게 썰어 소망
과 함께 꽉 묶어 날려보냈다.

그럼에도 나는 두 손에서 빠져나온 기원들로 결핍 없
이 사랑받고 있었다.
나도 모르는 새에 누군가가 보낸 진심을 잘 받아먹고,
순서대로 쌓인 감정들로 긍정의 씨앗을 또 다른 사람
의 시작점에 고이 묻어두었다.

내가 누군가를 축복할 때, 그 사람도 나를 생각하고
있다.

내가 네가 행복하길 바라줬다면, 너도 내 기도만큼 내가 천진하게 웃길 원해줄 테지.

모두가 푸르게 세월이 쌓여가길 기대하자.
서로 성한 상태로 마주하고, 예쁘게 살이 오른 채로 이마를 맞대길 기구하자.

이럴 것까지 있나, 싶을 정도로 기오하기엔 너와 내가 사랑할 시간이 퍽이나 부족하니까.

의지할 구석을 많이 뿌려놓기

인간은 원래 홀로 서있을 수 없기에 그런 걸까.
인간은 태초에 자신만으로 채워질 수 없는 세상에 태어난 것이기에 그런 걸까.

나 자신 잘했어, 수고했어, 고생했어 말하다가도 누군갈 신뢰하다 찢어진 흉터에 오래 통곡한다.
짚고 일어날 것이 없어도 버티겠다 자신했는데, 마음처럼 쉽지 않아 또 처절하게 숨어든다.

당연히 남을 믿고, 사랑하고, 의지하고, 신뢰하는 것이 힘에 부치는 일이라는 걸 알고 있다.
나 또한 많이 꺾여봤기에 되려 더 많이 이해한다.

완강히 부정할 수 없지만, 넌 결국 내 사람이라 난 네가 의지할 구석을 많이 만들었음 싶다.

세상이 바뀌고 사람이 변한다고 거짓을 섞어 위로하진 않겠지만

몸소 사랑해야 하고 나에게서 비롯된 문제는 알아서 해결하는 게 맞다고 말하겠지만

누군가가 띄워 준 말 한마디를 곱게 빚고, 그걸로 평생을 살아가는 이들이 있으니까.

스스로를 알아가고 이해하는 그 과정 자체를 도울 수 있는 말주변을 넓고 넓게 터놓았음 싶다.

내 글이 너에게만큼은 평생이길

책 한 권을 쓰는 데엔 생각보다 많은 힘이 필요하다.

갑작스레 들어찬 영감으로 몇 편의 글을 막힘없이 써
내려갈 때도 물론 있지만
몇 시간을 머리를 꽁꽁 싸매고 고민해도 마음에 드는
단어 하나가 스쳐 가지 않는 날이 더 많다.

세상에 모든 작가는 진솔한 대화를 시작하기 위해 자
신들을 잃어가면서까지 진심을 전하고자 하지만, 그
것을 실로 이해하고 받아들이는 독자는 몇 없다.

그럼에도 내가 글을 쓰는 이유
작가가 되기로 한 이유
백 개가 훌쩍 넘는 언사를 살며시 던져보기로 한 이유

나는 내 언어가 오직 너만을 바라보길 바란다.

누구를 만나도 가슴을 울리게 하고 싶고, 모두에게 사랑받는 글을 쓰고 싶지만

그 무엇보다도 너의 손길이 첫 번째로 닿게끔 하고 싶다.

막혀버린 감정의 샘을 가뿐히 뚫어버리는 문장을 써서 전하고 싶다.

웃을 날이 한참인, 펼쳐진 날이 한창인 너를

나만이 할 수 있는 말로 달래주고 싶다.

우리에게만 허락된 청춘

지금이 막무가내로 뱉어도 모든 말이 치장되는 시기라 너무 좋아.

전혀 납득할 수 없는 이유로 사랑한다고 고백해도
흥얼거리던 노래를 막무가내로 작사해서 불러도
해야 할 걸 미루고 전화를 걸어 깔깔대도
오들오들 떨면서 하루뿐인 기억이라는 이유로 창문을 열어도

"뭐 어때, 청춘이잖아" 그 한마디로 모든 것이 의미 있는 장면으로 꾸며지는 그 시절에 너희와 함께라 너무 좋아.
낯간지러운 수식어를 잔뜩 가져다 붙여도, 낭만이라는 명분을 가져다 대면 민망할 것 전혀 없는 오늘이

내일도 추억할 날이라 너무 좋아.

모두가 당최 무슨 소리인지 모르겠다고 비웃을 순간이,
세상에서 우리만이 청춘이라 이야기할 수 있는 날들
이라 너무 좋아.
너와 나만이 이해할 수 있는 것이라 너무 좋아.

제2장.

사랑을 머금기

네가 제일 예뻤던 7월

꽃과 햇살, 그리고 당신의 예쁨을 똑 닮은 따스함이 만개했던 7월이 끝날 때쯤이면, 저는 저희가 함께 잠들었던 밤을 몇 번이고 곱씹곤 해요.

당신과 함께라면 어두운 곳에서도 셀 수 없는 빛과, 천자만홍이 딱 어울리는 배경이 동시에 저를 반겨요. 그렇게 또 한 번 빛나고 있던 당신을 발견하고 저는 암흑 속에서도 이류를 만끽해요.
끈적이던 몸도, 시끄럽던 매미의 울음도, 끝나지 않을 것만 같던 사람들의 탄식도, 당신의 미소는 그 모든 것들을 그저 한순간의 작은 부정으로 가꾸어 버려요.

그토록 막대하고 소중한 그릇을 품은 당신에게 찾아오는 일들이 전부 커다란 행운을 발음하길 바라요.

설령 스스로 색깔을 잃어가는 당신이라 하여도, 저는 언제나 최고로 예뻤던 저희의 눈동자를 본뜬 에델바이스를 선물할게요.

저는 당신과 함께했던 7월을, 함께할 8월의 깊은 태양빛을 앞으로도 꽤 오래 간직할 것 같아요.

내 사랑의 목적어

내가 아무리 바보처럼 꾸며져도 계속해 영원을 나타내고 싶은 사람이 있어요.

나에게 남겨진 여분의 사랑이 있고, 타오르는 사랑의 양을 가늠할 수 있다면 내게 주어진 모든 사랑을 내어주고 싶은 사람이 있어요.

내 미움을 기꺼이 거두어주던 사람으로 인해 저는 비관론자에게 어울리지 않는 수식어에 느닷없이 매료되고, 재스민의 향에 취해 유염한 미소를 과도하게 뱉어내요.

아름다운 것들을 보면 한없이 청미하게 약해지다가도, 그 사람에게 섬려한 풍경을 배경으로 한 또 다른 청춘을 선물하고 싶어져요.

내 작은 눈물조차도 커다란 반가움으로 맞아주는 그 사람이, 왜인지 오늘따라 더 예뻐요.

운명의 또 다른 이름

저는 우연 없는 운명을 믿어요.
끝없는 사랑을 믿어요.
조건 없는 애정을 믿어요.
당장은 힘들겠죠.
하지만 제 믿음이 언젠간 당신에게 올곧게 뻗어 닿을
것이란 사실들을 믿어 의심치 않아요.

설령 그것들이 진실이 아니라 해도 어때요.
비관론자들의 말장난이 맞는 말이어도 괜찮잖아요?
낙관론자들의 주장이 한 순간의 부정이어도 괜찮잖
아요?
현존하는 낙관론자들이 틀렸다면, 저희가 저희만의
이름을 걸고 새로운 낙관론자로 다시 태어나면 되는
거 아니겠어요?

순도를 무너트리고, 결국엔 저희가 맞았다는 걸 증명
해요.

아니지.

힘써서 증명할 건 또 뭐예요?

제가 지금 이렇게 사랑하는데.

아름다운 것을 보면 약해지는 사람

아름다운 것을 보면 한없이 약해지는 사람을 아주 좋아해요.

얼굴을 뜨겁게 붉히다가도, 결국엔 활짝 웃는 애인의 볼을 감싸는 사람을 좋아해요.
본인의 화에 못 이겨 주먹을 불끈 쥐더라도, 끈질기게 엉겨 붙는 애인의 팔에 못 이기는 척 팔짱을 끼는 사람을 좋아해요.
삐졌다고 볼을 부풀리다가도, 미안하다며 고개 푹 숙인 애인의 머리를 살포시 들어 올려주는 사람을 좋아해요.
분노에 젖어 가쁜 호흡을 갖가지 명사들로 빠르게 정리할 수 있는 그런 사람이, 전 그렇게 좋더라고요.

어쩌면 입 모아 말하는 '사랑꾼'은 돈과 애정과 시간을 아끼지 않는 사람이 아닌 그 사람을 위해 본인을 다스릴 줄 아는 사람이었던 게 아닐까요?

항상 모자란 감정으로 평정심을 유지하는 사람들보다, 절 위해 자신을 다스린 당신이 전 너무나도 사랑스러워 보여요.

난 네가 그래서 좋아

난 네가 그래서 좋아.

바보 같아서 좋아.
나를 위해서라면, 뭐든지 해줄 수 있을 것만 같다고
해줘서 좋아.
감정 표현이 서툴러서 좋아.
횟수와 빈도는 적어도, 그것에 담긴 무게가 느껴져서
좋아.
행동이 느리고 낯설어서 좋아.
나에게 해주는 행동 하나하나가 정성이 가득해 보여
서 좋아.

그러니까 너무 걱정하지 마.
네가 남들만큼 영리하지 않고, 네가 남들처럼 풍부한

말을 해줄 수 없고, 네가 남들보다 빠르게 모든 걸 처리하기 힘들어도, 난 네가 그래서 너무 좋아.

너는 딱 그만큼만 나를 똑같이 사랑해 주면 돼.
다른 거 필요 없이, 그냥 그거면 되는 거야.

결국엔 내 사람

저는 당신이 저와 다시 만날 거라는 걸 알아요.

그러니 그렇게 미련 가득한 눈으로 바라보지 않아도
돼요.
제가 저번에 말했죠?
저는 꽤 지독한 운명론자라는 것을요.
그러니, 지금의 이별을 평생의 적확한 저주로 치부하
진 말아요.
헤어질 운명이 아니라, 떨어져 있어도 결국 다시 만날
운명이라 그런 것이라 믿어봐요.

앞으로도 꽤 긴 시간 동안 서로를 찾지 못한다면,
그땐 제가 운명의 곤란한 결단에 거역하며 당신을 찾
겠어요.

당신은 그저 운명의 손짓에 흔적만 따라 안전하게 흘러가면 돼요.

그러니 그저 방황할 필요 없이 그 자리에만 있으세요.
저는 아직 당신과 보았던, 우리의 꿈이 고스란히 담겼던 영화의 이름을 똑똑히 기억해요.

어른다운 사랑을 하기 위해서

사랑하는 사람에게 본인의 것을 아끼지 마세요.

시간을 아끼지 마세요.
돈을 아끼지 마세요.
애정을 아끼지 마세요.
추억을 아끼지 마세요.

언젠간 헤어질 운명이라는 명분은, 그저 다가올 끝의
도래를 피상적으로만 바라보는 자들의 핑계일 뿐이
잖아요.

먼 훗날, 본인의 사랑이 떠나가도 아쉬울 게 없을 만
큼 사랑하세요.
그때 한 번 더 안아줄걸.

그때 한 번 더 웃어줄걸.
그때 한 번 더 손에 쥐여줄 걸.
그때 한 번 더 집에 데려다 줄걸.
얄팍한 후회가 남지 않을 만큼 사랑하세요.

사랑에 계산이 스며드는 순간 기대가 생기고, 기대가
생기면 실망이 생기고, 실망이 생기면 받지 않아도 될
상처까지 받잖아요.
저희는 그리 유치하지 않잖아요.
스스로를 뛰어넘는 어른다운 사랑을 하세요.
본인들의 청춘 속 사랑이 그저 미숙한 존재들의 발버
둥으로 끝나지 않는 성숙한 것임을 보여주세요.
직접 행동으로 증명하세요.

가벼운 생각을 가지고 있는 사람

조금은 가벼운 생각을 하고 있는 사람이 좋다.

두꺼운 얼굴을 한 고민에 살포시 해답을 속삭일 수 있는 사람이 좋다.

내가 너무 어렵게 생각하는 일에 조용히 고개를 내저을 수 있는 사람이 좋다.

힘겨운 순간들도 언젠간 지나가게 되어있다며 손을 잡아줄 수 있는 사람이 좋다.

우리는 서로에게 서로만 있으면 된다며 자신의 행복을 나눌 수 있는 사람이 좋다.

영원을 믿지 않는 나에게 적어도 우리에겐 영원이 존재함을 확신할 수 있는 사람이 좋다.

말에 숨겨진 체온을 찾아 조금도 빠짐없이 오로지 나에게만 가득 건넬 수 있는 사람이 좋다.

이렇게 말하는 너도 떠나갈까 두렵다는 나를 있는 힘껏 안아주는 네가 좋다.

서로를 닮아가자

서로의 전부가 됩시다.
서로의 영원이 됩시다.
서로의 이름이 됩시다.
서로의 행복이 됩시다.

내 뜻대로 풀리는 일 하나 없는 각박한 세상 속에서
작은 위로로 남아요.
배신과 거짓이 만연한 이 땅에서 청연을 논해요.
도움이 필요한 사람을 봐도 조용히 지나가는 사회에
서 따스한 손으로 남아요.
기어이 우리만이 서로 닮아갈 수 있다는 것은 틀린
사어가 아녔어요.

당장의 미성숙한 모습이 그저 철없던 시절의 실수가
아닌, 그것 자체로 의미 있는 작은 발자국으로 남길
바라요.

사랑의 정도

사랑하는 것에 양이, 질이, 정도가, 적당함과 과도함
이 있을까.

사랑은 눈에 보이지 않는다.
그렇기에 진실을 긍정할 수 없고
정도를 예측할 수 없고
깨끗한 정도를 알 수 없고
이렇다 할 기준을 가늠할 수 없다.
모두가 그래서 사랑이 무서운 것이라고 말하지만,
그렇기에 더욱 예쁜 것이 아닐까.

우리는 마음껏 사랑할 수 있다.
애인에게 가벼운 입맞춤을 할 수 있다.
부모님에게 애증의 말을 전할 수 있다.

친구의 손에 약지를 걸고 걸을 수 있다.

참 다행이다.
사랑 없이 이루어질 수 없는 것들은 대체로 형태가
없는 진심이라서.

추락까지도 함께하고픈 마음

사랑해요

좋아해요

당신의 일정한 유일함을 애정해요

끝없이 피어오르는 명분 속의 사랑을 원해요.

이따금 맹목적이고 진취적인 것들에 대해 존경심을
표하곤 해요.

우리가 함께 잠들었던 밤이 딱 그랬던 것 같아요.

가끔 허공에 대고 공허하게 유랑하던 이름 석 자를
읊조려요.

최고로 아름다웠던 그 시절의 모순적인 추락을 몇 번
이고 함께하고 싶다는 생각을 하거든요.

바보가 되어도 좋아요

못난 바보가 되는 게 너무 좋아요.

아무리 제 표현이 없어도
쏟을 눈물의 양이 적어도
겸양에 다소 박해도
당신을 위해 언뜻 바보가 되는 게 너무 좋아요.

당신과 하나일 수만 있다면 저를 온갖 부정적인 수식
어가 옭아매도 괜찮을 것만 같아요.
제가 하루를 감사히 여기게 되는 것은 오로지 당신만
이 할 수 있는 일임.
당신은 내게 그런 사람임을.

이미 져버린 마음

제때를 놓쳐버린 사랑 때문에 또 아프다.

내 품에 안길 때를 놓치곤, 후에야 뻔뻔한 표정으로
지금이 딱 적당한 때라며 정리되지도 않은 내 마음의
틈을 꾸역꾸역 비집는다.
하지만 나는 그럼에도 지나버린 사랑을 끌어안겠지.
이곳저곳을 다 덤비다, 더 이상 갈 곳이 없어 찾아온
사랑을 기꺼이 포용하겠지.

사랑은 언제나 나를 팔불출로 만든다.
효율을 중요시하는 나에게
수지타산을 따지는 나에게
감정에도 정해진 양이 있다고 생각하는 나에게
말도 안 되는 변화를 불러온다.

내가 손해를 보게 만든다.

내가 한 번을 더 지게 만든다.

내가 감정을 아끼지 않게 만든다.

나는 왜 사랑 앞에서만 바보가 될까.

그 정도의 엄청난 힘을 가진 사랑을 나는 언제쯤 똑
똑히 다룰 수 있을까.

삶의 방도를 잃게 만들지만, 나를 하루 더 살아가게
한다.

나는 사랑을 먼저 사랑하지 않는데, 사랑은 내가 다른
이들을 사랑할 수밖에 없게 만든다.

대가 없이 당신을 하루 더 사랑해요

당신은 한없이 이기적이고 교만한 나를 웃음 짓게 해요.

햇빛이 내리쬐는 날에도 그늘을 양보하게 해요.
침대에서 뒹굴고 싶은 날에도 사랑에 관한 글을 쓰게
해요.
모든 걸 잃어버린 듯이 눈물을 훔치다가도, 뭐 하냐는
한 마디로 그것을 뚝 그치게 해요.
간식거리를 꼭 두 개씩 주머니 속에 넣고 다니게 해요.
제 집보다 당신의 집에 가까운 길을 찾아보게 해요.
손발이 오그라드는 사랑 표현을 스스로 검색해 보게
해요.
자존심을 버리고 사과하는 방법을 깨닫게 해요.
내 인생에서 나만큼, 어쩌면 나보다 더 소중한 사람이
있을 수 있다는 걸 이해하게 해요.

평소엔 전혀 관심 없던 분야의 취미생활을 즐겨보게 해요.

취향이 아닌 로맨스 영화를 보고 되도 않는 상상을 하게 해요.

즐기지 않던 SNS를 계속해 들락거리게 해요.

잘하지도 못하는 게임을 배우려 떠오르는 몇 번의 해를 잠들지 않고 보게 해요.

이별이 얼마나 쓰리고 아픈 것인지 깨우치게 해요.

설익은 사랑의 외현에 고개를 내저으려고 하다가도, 당신의 옅은 외마디 미소로 모든 것을 확실하게 발음하곤 해요.

저는 그럴 때면 다시 고개를 들곤, 조금의 대가나 기대도 없이 당신을 하루 더 사랑해요.

모든 것을 포기하게 만드는 사람

펼쳐두던 겨울을 한 번 접고, 여름이 품었던 저를 꺼내주세요.

하늘이 귀애했던 저를 꺼내고, 당신과 함께 드높은 하늘을 갈망하게 해주세요.

빛 속에 침식되어 가던 어린 양을 구원하고, 빈 곳이 더 많아 모순적인 순백으로 덮어주세요.

본래 사랑이란 그런 것 같아요.

내게 주어진 축복과

편안히 쉴 수 있는 공간과

풍족한 자원이 있대도

오직 그 사람에 대한 애정으로 모든 것을 포기하게끔 만드는 것.

그럴 수 있게 만드는 것.

당연한 관계에 진심을 두기

너무 진부하고 시시한 관계를 꽉 잡아놓기로 해요.

변함없이 똑같은 긍정으로 나를 칭찬하고

하루라도 똑같은 굴레의 말싸움에 져주지 않은 날이
없고

언제나 그랬듯 맛있는 음식은 나에게 먼저 양보하고

일관성 있는 태도로 나를 대하는

지루한 관계에 그 누구보다 진심 이어봐요.

네 이름이 내 사랑에 미치는 영향

너는 언제나 나를 감사하게 만들잖아.

오답을 정답으로 만들고

부정을 긍정으로 바꾸고

질투를 애정으로 다루고

당연한 운명을 다가온 감사함으로 대하잖아.

전혀 그렇지 않은 것들을, 존재 자체로 사랑받아 가당

한 것이라며 청완이 가득한 눈으로 바라보잖아.

모든 것에 감사할 줄 아는 사람이라 좋아.

그게 내가 너를 사랑하는 이유야.

남들은 가소롭다며 지나치는 일에 환하게 웃어서

그 미소가 나한테는 유독 자세하게 그을려 닿아서.

내게 있어서 사랑은 오직 네 이름뿐이야.

끝나도 영원한 내 사랑

미안해.

좋은 사람 만날 거라 했는데, 너보다 좋은 사람이 없어.

나를 더 사랑할 사람을 사랑할 거라 했는데, 너보다 날 꽉 안아주는 사람이 없어.

새로운 삶을 살아갈 거라 했는데, 너보다 나를 좋은 길로 인도해 주는 사람이 없어.

이젠 상처받지 않을 거라 했는데, 너가 떠나간 그 순간의 뒷모습부터가 나에겐 영원히 극복하지 못할 상처였어.

너가 떠나고서야 알아서 미안해.

너가 없어진 후에야 눈치채서 미안해.

너의 순수한 애정을 파악하지 못해서 미안해.

너의 소중한 사랑을 이렇게 끝내버려서 미안해.

너의 귀중한 감정 소비의 대상이 고작 나라서 미안해.

너가 나보다 좋은 사람을 만났으면 해.

너가 새로운 삶을 꾸려갔으면 해.

너가 더 이상 상처받지 않고 행복만을 원했으면 해.

그런데, 너가 나랑 똑같이 생각했으면 좋겠어.

나처럼 울고, 후회하고, 아파하고, 떠올렸으면 좋겠어.

널 사랑해서 그래.

널 사랑했어서 그래.

널 사랑했던 나를 사랑해서 그래.

결국 끝까지 욕심 많은 나라 미안해.

여전히 사랑해.

시들어버린 배경 속에서도 추억해요

꽃내음으로 모두를 사로잡던 봄이 소리 없이 물러갈 때 즈음의
이 계절이 또다시 도래할 때면, 당연하다는 듯이 그대의 눈동자를 좇곤 합니다.

잘 익어가던 애정이 드디어 달갑게 표정을 지어 보일 때면,
저는 당신에게 달려가 오직 너만을 위한 것이라며 청아하게 웃어 보이곤 합니다.

당신은 그때의 꽤나 길고 많이 서툴지만, 기어코 밉지는 않은 서기를 꼭 닮았습니다.

땀 냄새로 온몸이 끈적거려 불쾌하고

모두가 마치 짜놓은 것처럼 눈살을 힘껏 찌푸리고
한 시도 몸을 주체하지 못하고 셔츠를 펄럭이는 날씨
에도
저는 언제나 당신을 찾습니다.

빛이 다 바래버린 경관 속에서도, 겨우 연명하던 한
조각을 찾아 우리의 품에 꾹꾹 채워 넣습니다.

때맞춰 잘 익은 사랑을, 푸름을 귀애했던 여름 속의
당신에게만 바칩니다.

약속을 약속할 용기

당신은 약속을 약속할 용기에 얼마나 강용한 결의가
깃든 것인지 모르겠죠?

당신을 나 자신보다 더 사랑해 주겠다는 약속.
내 모든 것을 포기하더라도, 당신에겐 한 움큼의 예쁨
을 꾹꾹 채워 넣어 주겠다는 약속.
언제나 당신을 나의 첫 번째로 여기겠다는 약속.
당신의 올바른 성장을 위해서라면 크고 작은 아픔을
충분히 감내할 것이라는 약속.
어떠한 역경과 고난 속에서도 이 모든 것들을 기필코
지키리라는 약속.

당신에게 감히 약속과 영원을 거론한 사람에게 똑같
이 엄청난 양의 기쁨을 전달해 주길 바라요.

그 사람이 당신을 얼마나 든든한 사랑으로 품고 있기
에 그러겠어요.

사랑한다는 것은

사랑한다는 것은, 그저 상대방의 좋은 면모를 반가워하는 것에 그치지 않는다.

본인이 아니라면 차마 다 헤아릴 수 없는 아픈 기억까지 포용할 줄 알고

타인에게 보여주기 싫은 인생의 치부를 많이 아팠겠다며 쓰다듬어 온기를 베풀 줄 알고

너의 안광에 섬찟한 흑백이 뚜렷한 걸 눈치채고 그랬구나, 그랬구나 편향적인 칭찬으로만 얼싸안아 주는 것까지의 모든 것이

진정으로 상대를 사랑하는 것이다.

누군가가 보기에는 철없는 거조가, 누군가에겐 그 이상의 가치를 가진 너무나도 뜻깊은 예쁨이다.

좋은 사람이 되기 위한 덕목

언제나 조금의 고민도 없이 당신에게 달려올 만한 사람이 있나요?

아무에게도 털어놓지 못하고 눈물로만 호소할 때, 전화를 걸 수 있는 사람이 있나요?

본인의 성공에 자신의 일처럼 웃음으로 화답해 주는 사람이 있나요?

비밀을 털어놓고도 마음이 편한 사람이 있나요?

내 일부분을 도려내도, 그것보다 받은 것이 더 많다고 생각되는 사람이 있나요?

나보다 나를 더 아껴주고 이해해 주는 사람이 있나요?

헛소문을 가로막곤, "걔 그럴 애 아닌데?"라며 묵묵히 당신의 곁에 남아 어깨를 토닥이는 사람이 있나요?

본인이 크고 작은 잘못과 실수를 저지르더라도, "실망했지만, 그럴만한 이유가 있어서 그랬을 거라 생각해. 다음부턴 그러지 마"라고 말해줄 사람이 있나요?

맛있는 음식, 선거운 경치, 예쁜 그림, 좋은 글을 볼 때 떠오르는 사람이 있나요?

이 글을 공유하며, "너랑 나 아니야?"라고 가볍게 물어볼 수 있는 사람이 있나요?

그런 사람을 만나세요.

그리고 그와 동시에, 스스로가 그러한 사람이 되세요.

너만 보면 무너지는 이유

나보다 빛나던 존재의 여림을 당면했을 때, 약해지는
것은 어쩌면 당연하잖아.

내가 너를 보면, 자존심 다 버리고 예쁘게 무너지는
것도 그런 이유가 아닐까.

힘없이 스러져가는 너보다, 내가 한 발짝 더 빨리 넘어
져서 널 달래주고픈 소망은 어쩔 수 없는 게 아닐까.

많고 많은 이들 중에 내가
너를 제일 사랑해

네가 너를 경애해서 다행인 것 같지 않아?

누구보다 너를 다정하게 대할 수 있어.
어떤 상황에서도 져주고, 미안하다고 해줄 수 있어.
내게 주어진 그 어떤 것들도 기꺼이 양보해 줄 수 있어.

네가 다른 이들을 만나 처참하게 망가지는 모습을 볼
자신이 없으니까,
차라리 많고 많은 사람 중에 내가 너를 최고로 많이
사랑해서 다행이야.

그런 모습까지도 사랑할게

누군가와 평생 함께하고 싶다는 것은
예쁘게 웃는 얼굴을 보여주고 싶고
단정하게 차려입은 옷을 자랑하고 싶고
내가 제일 잘할 수 있는 것을 가장 먼저 보여주고 싶
은 것이 아니다.

늦은 새벽까지 함께 드라마를 보고 세상 떠나가라 엉
엉 우는 모습을
입가에 다 묻혀가며 초콜릿을 먹는 모습을
물에 쫄딱 젖어 깔깔 웃으며 서로 웃는 모습을 담고
싶은 것이다.

내 치부를 드러내고 약점을 들춰내도 괜찮고
되려 그 고통까지 함께하고 싶다는 것이
그런 생각이 드는 것이, 사랑하는 게 아닐까.

나에게 나는 없이 오직 너야

마음이 궤도 따라 흘러가는 구름에 실려 흔들리는 봄
에도
상사병에 시든 사람들이 핏대를 세우며 원망하는 여
름에도
점점 가슴을 부풀리는 바람의 향이 조금은 허전한 가
을에도
많은 사랑이 시끄럽게 꽃피다 저무는 겨울에도
나는 늘 너만 생각해.

나에게 내가 없이 너로만 가득차도 좋아.
너만 바라보다 네 계절이 삽시간에 지나가도 좋아.
네게 어울리는 날씨를 찾다 스스로를 망각해도 좋아.
다른 사람 없이 너로만 가득차 내내 망상에서 헤어나
오지 못해도 좋아.
늘 서서히 떠오르는 사랑의 대명사가 너 하나라도 좋아.

천년지애

유유히 당신만을 돌이키던 여름이 고개를 숙이고
함께했던 셀 수 없는 날들이 제 영원의 품을 쭉 관통
해요.
그럴 때면 저는 텅텅 비어 있던 애정의 공백 속, 방금
생겨난 핑크빛 페이지를 두드리고
단 한 명을 위하던 마음의 눈금들을 겹쳐 녹여내요.
그와 동시에, 한사코 괜찮대도 자신의 미소를 나누는
당신의 다정을 조금 깨물어 향을 만끽해요.
그렇게 오늘도 수많은 추억들이 전시된 보금자리에
서 다가올 당신을 거종하며 기다려요.

내가 너를 이렇게나 아껴

충분히 표현하자.

마음속으로 품기만 해뒀던 말들이 곪아 상해버리지 않도록.

생각만 해놓고, 꺼내지 못했던 진심들이 타버리지 않도록.

혹여나 빛을 잃진 않을까, 꽁꽁 담아두던 빛깔이 변색되지 않도록.

내가 너를 이렇게 사랑해-

내가 너를 이만큼 생각해-

내가 너를 이 정도로 원해-

질릴 때까지 말해주자.

우리에겐 분명히 끝이 있고,

그전까지 꾸준히 사랑하고, 사랑받아 마땅할 우리니까.

언제나 내가 먼저인 사람

본인이 있어야 할 위치에서 온 힘을 다하다가도, 내가 외치면 바로 달려와 안부를 묻는 사람이 있다.

너보다 소중한 것은 그 무엇도 없다며, 본인의 안식은 항상 저 멀리 두고 오는 사람이 있다.

그럴 때면 내내 의심해 왔던 내 사랑이 향하던 판단에 다시금 고개를 끄덕거리곤 한다.

저런 사람을 곁에 두고 대체 무슨 생각을 했던 건지, 작은 실소를 반복해서 터트린다.

따로 그려보지 않아도 아- 이게 사랑이구나 짐작할 수 있는 확신을 주는 사람이 진정한 내 영원이라, 나에게 사랑이 더욱 청초한 삶의 낙인 듯하다.

사랑을 숨처럼 두는 일

내 인생에서 사랑이 절대 흘려보낼 수 없는 소중함이
었음 좋겠다.
그 어떤 것과 비교조차 안 될 정도로 커다랗고 반짝
거리는 보석이었음 좋겠다.

사랑을 숨처럼 두는 사람.
나를 아프게 하는 것 말고
나를 과도하게 압박하는 것 말고
나를 울부짖게 하는 것 말고
과도하게 순백하고 여린 감정을
내 숨처럼 두는 일을 무한히 느끼는 사람.
잘 겹쳐 올려놓은 사랑을, 한 치의 고민도 없이 삼키
는 방법을 아는 사람.
한 번쯤은 그런 사람이 되어보고 싶다.
꼼꼼하게 무럭무럭 자란 사랑을 꼬옥 껴안는 사람이.

너에게만

네가 그랬었지 아마?

내가 아름다운 것들을 보면 훨씬 빛난다고.

빈틈없이 끈끈하게 녹아내려서, 절대 떨어지려 하지
않는다고.

나는 네가 그래서 좋다고.

그런데, 나에게 있어서 아름다운 것의 유일함은 너야.

네가 아닌 다른 것들의 앞에선

연약해지지 않고, 쓰러지지 않고, 유약해지지 않아.

사랑의 내면을 괜히 갈라보지 않고

붉게 달아오른 수줍음을 다른 이름으로 넘겨짚지 않고

오직 너만을 위해 만들어진 출입구를 고민하지 않고

수치가 보이는 농도에 거짓을 섞어 보내지 않아.

나를 약해지게 하는 건 오직 너 하나야.

우리가 청춘을 말하는 법

우리의 모습은 때때로

꽉 쥔 주먹보다 단단하고

머리를 쓰다듬던 부모님의 손길보다 섬세하고

이제 막 구워낸 쿠키보다 달콤하고

시기 맞춰 활짝 핀 꽃보다 넉넉해요.

가끔 끝을 놓치더라도 서로의 탓을 하지 않고

서로의 짙은 눈동자 색을 살펴요.

무작정 서로를 표현할 수 있는 단어를 찾아 건네고

그 단어 속에서 또 다른 사랑을 품어요.

당신과 나는 늘 그러한 방세의 날들로 가득 차 있어요.

순애

아무런 연유 없이 '순애'라는 단어를 애정해요.
피어오른 진심에 그을린 형태를 커다랗게 꿈꾸고, 그
에 맞춰 떠오르는 사람을 동경해요.
짧은 상상만으로도 넘치는 열망에 속앓이를 하지만,
또다시 순애의 대상을 원해요.
듣는 이 없이 잔잔한 고백이더라도
결론이 없는 쓸쓸한 허망이더라도
답지가 없는 일방적인 고민이더라도
나만의 순애를 생각해요.
이유를 찾지 않았던 사랑에 다시금 맹세의 짐을 쌓아요.

나는 너를 사랑하니까

사랑한다는 말을 대신할 수 있다는 또 다른 수어가 있다면,
"아프지 마" 라는 말일 것이다.
상황에 따라선 "밥 잘 챙겨 먹어", "좋은 것만 봐", "행복한 꿈 꿔" 따위의 말도 변질될 수 있을 것이고.

난 그래서 네가 모두를 거쳐 가는 감기 한 번 걸리지 않고
잔소리 없이도 창밖을 바라보며 세끼 잘 챙겨 먹고
악몽 한두 점의 괴롭힘에도 일절 휘둘리지 않길 바란다.
네가 짓궂은 세상만사에 치이지 않고 세상 사람들이 간구하는 모든 평온 다 가졌음 싶다.

내가 너를 사랑함은 이미 자명한 나만의 전설이니까.

권태기

멀어졌다는 이유 하나로, 예전만큼 가깝지 못하다는
명분 하나로 모든 걸 부정할 수 있다면 그게 어찌 사
랑인가.

언제 깍지를 잡아야 할지 고민한 것이 없던 일이라면
전화 한 통에 열두 시가 훌쩍 넘은 새벽에 슬리퍼를
끌고 나간 시간이 거짓이라면
먼 골목서부터 드리우는 달빛보다 가쁘게 뛰어오던
네가 아무 사람도 아니라면
대체 세상 무엇이 사랑이란 말인가.

우리는 그것을 지난 사랑이라고 하지 않고, '권태기'
라 칭하는 것이다.
그 서막을 지나면

조각난 유리에 빛이 스며들고
부러진 가지에 옅은 새싹이 피어나고
찾지 않던 감정이 다시금 꿈틀댄다는 것을
대체 왜 그대가 모르는가.

아무렴 괜찮다.
그대와 나는 지금도 권태기를 꽤 용감하게 지나오는
중이니.

love is all

세상에 존재하는 모든 불가능을 없애버린다는 웃픈
진실.
수없이 쌓여오던 거짓을 자그마한 기억 하나로 무마
해 버리는 멍청함.
함께 맞던 비가 내리쬐는 햇살보다 더 풍요로웠던 착각.
이 순간으로 만년을 지켜낼 수 있다는 확신.
가슴을 파내는 상처가 예전만큼 아프지 않을 것 같다
는 희망.
'Love is all'
어긋난 점 하나 없이 깔끔한 고백이다.
과도하게 담백해서 더 진솔한 실토이다.
사랑은 평생의 약속이고, 둘도 없는 나만의 사랑은 너
니까.

너의 결혼식

"검은 머리가 흰머리 될 때까지 사랑하겠습니다"
검은 머리가 흰머리 될 때까지, 족히 몇십년을 표현한
말이다.

수줍게 일렁이는 아지랑이
그에 따라 얼굴을 밝히는 사람들
오직 두 사람만을 두드리는 불빛
여러 목소리가 일구어 낸 축복의 소리

몇몇이 제 기능을 해내지 못할 때까지도 평생을 함께
하겠다는 말이고
모든 것이 그것을 거들어 보려 힘쓰는데
이보다 완벽한 낭만이 세상 어디 있을까.
내가 온전히 네 사람이라는 것을 힘써 자랑하는데
이보다 깔끔한 순정이 어디 있을까.

너를 수반하는 명맥

나를 살아가게 하는 모든 것들엔 네가 있어.
내 사랑은 언제나 네 것을 수반하기에 그런 걸까.
내 사랑은 너 없이 다른 것들로 채워지기엔 너무 옹색하니 어쩔 수 없는 걸까.
가끔은 오직 나만으로 이루어진 사랑을 맛볼 수 있다면 좀 좋을까.
설령 평생 그렇지 못한대도 상관없어.
나는 네 밤이고, 너는 내 태양이니까.
나를 비춰줄 수 있는 건 너뿐이니까.
그에 따라 빛나는 건 나만이 할 수 있는 일이니까.

바라고 기대해서 아프다

대가 없이 사랑하면 될 것을
부가적인 것 없이 형태 그대로를 헤아리면 될 것을
누군가가 정의한 판 위에서 불필요한 싸움을 거듭 반
복한다.

사랑은 바라서 어려운 것이다.
기대해서 더 아픈 것이다.
조건이 되어버려 훨씬 고통스러운 것이다.

본래 자체가 어려운 것이라는 말 또한 누군가의 관측
일 뿐이니
별다른 기약 없이 보이는 그대로의 사랑을 하기를.
서로가 진실로 정의하고 약속한 사랑을 하기를.

사랑에도 부정이 존재해서

사랑을 어째서 다른 말로 대신하지 못할까.

대체 왜 너를 향한 마음을 한 가지 단어로만 형용할 수 있는 걸까.

내 입에서 부정을 수식하는 단어가 간단없이 흐르는 이유는

너에 대한 원망보다도, 이상을 표현하지 못하는 스스로에 대한 날카로운 일침이야.

비록 애석하고 섭섭함이 가득한 사랑이래도, 우리는 서로의 이름을 부르며 오늘의 사랑을 지나오고 있어.

제3장.

자신을 머금기

행복하셨으면 좋겠습니다

행복하셨으면 좋겠습니다.

칠흑 같은 어둠 속에서 본인만의 빛을 거두셨으면 좋
겠습니다.
본인이 무너질 때 따스한 손을 건넬 사람을 곁에 두
셨으면 좋겠습니다.
너무 아플 때 떠나지 않은 그 사람을 꼬옥 안아주셨
으면 좋겠습니다.
나를 세상 끝까지 꾸역꾸역 밀어낸 사람을 배려하지
않고 등지는 법을 배우셨으면 좋겠습니다.
너무 무거운 눈물을 다시 담으려 애쓰지 않으셨으면
좋겠습니다.

요야한 그대가 차가운 세상 속의 아픔에 삼켜지지 않기를.

그대의 아픔을 감히 제가 다 포용해도 될까요?

내일도, 모레도 적당히 열심히 사시길 바랍니다.

한순간의 부재로 무너지지 않을 만큼만.

하는 행동에 큰 책임이 따르지 않을 수준으로만.

누군가를 사랑할 여유가 없지 않을 정도로만.

오늘도 수고하셨습니다.

오늘도 잘 버티셨습니다.

오늘 하루도 잘 넘긴 당신이 참 자랑스럽습니다.

영원한 네 편

지금까지 많이 힘들었겠다.

아무도 지치고 무너질 때 네 손을 잡아주지 않아서.
미치게 힘든데 정작 목 놓아 울만한 장소가 마땅치
못해서.
따스한 온기가 필요한데 안길 사람 한 명이 없어서.
죽고 싶은데 죽을 용기가 안 나는 나 자신이 미워서.
모두가 성장하고 나아갈 때 혼자만 도태된 거 같아서.
내려놓으려 하면, 몇 번이고 계속 다가오는 기대의 무
게가 홀로 감당할 수 없도록 무거워서.
본인도, 주변의 것도, 아무것도 지키지 못하는 스스로
가 원망스러워서.

괜찮아.

짜증 내도 괜찮고

베개를 흠뻑 적셔도 괜찮고

두 팔 벌리고 누워서 질릴 때까지 좋아하는 노래를 들어도 괜찮고

타인의 기대에 부응하지 못해도 괜찮고

하루쯤은 정말 아무것도 안 하고 쉬어도 괜찮아.

우리의 목표는 언제나 우리잖아.

너희한텐 내가 있잖아.

이 글을 읽는 모두에겐, 언제나 너희의 편이 되어줄 내가 있잖아.

너희가 틀려도, 너희를 믿은 나는 결코 틀리지 않았어.

마음껏 틀려봐.

마음껏 좌절해 봐.

마음껏 포기해 봐.

마음껏 질려해 봐.

마음껏 울어봐.

나에겐 너의 그런 어리광이 더 예뻐.

그것조차 만족스럽게 웃으며 바라볼 수 있어.

작은 가장자리의 기쁨

제 성심스러운 방문이, 조금이나마 당신을 옳게 다듬고 있는지 궁금해요.

당신에게 주어진 모든 환희와 아픔을 곁에 두고선, 몇 번이고 쓰담 거리고 싶어요.
제 고백은 노력의 산물이기도 하지만, 당신의 꿈속 달콤한 세상을 먼 거리를 달려서라도 함께하고 싶다는 약속이기도 해요.

저와 당신의 갸륵한 동반은 늘 포근하고, 부담이라곤 전혀 없는 고백인 것 같아요.
서로의 온도를 나누고, 계속해 닮아가고 싶어하며
일방적인 고백 같다가도, 어느새 다른 반쪽이 없어지면 자신의 반을 꺼내어 적당한 순진함으로 완벽한 완전함을 선물하죠.

꼭 글을 읽고 쓰는 짧은 순간이 아니더라도, 당신의
내일에 가장자리를 차지하고 싶어요.
커다란 중앙은 당신의 행복을 담으세요.
자신이 아닌 다른 것으로는 절대 채워 넣을 수 없는
은은한 추억으로, 제 몫의 아름다움까지 다 꼼꼼하게
채워가세요.
뾰족한 아픔 없이 노만주의와 로맨티시즘을 오래 만
끽하고, 남은 자리에 제 이름을 슬쩍 거둬주세요.

당신의 강기 속, 나머지 웃음은 전부 제가 책임질게요.

그런 모습까지 아름다워요

당신의 포기가 아름다워요.

필요 이상의 것을 고집하지 않고, 내려놓을 줄 아는
모습이 너무 아름다워요.

당신의 아픔이 예뻐요.

그 아픔으로 인해 보다 성장한 사람으로 기억될 당신
이 참으로 예뻐요.

당신의 못난 손이 든든해요.

저를 포함한 본인의 모든 것들을 지키려 험난한 길들
도 전혀 마다하지 않은 그 투박한 손이 굉장히 든든
해요.

당신의 못난 면들도, 다 그만한 가치가 있어요.
끈질긴 고집보다

상처 하나 없이 자라온 고상한 내면보다

곱고 길게 뻗은 손가락보다

당신의 포기가, 당신의 아픔이, 당신의 못난 손이, 훨씬 기특해요.

당신을 위로하기 위한 언어

힘내라는 말보다, 포기해도 괜찮다는 말이 더 필요할 때가 있다.

너는 정말 좋은 사람이라는 말보다, 넌 무너져도 일어날 수 있는 사람이라는 말이 더 깊은 울림을 줄 때가 있다.

다시 하면 된다는 말보다, 이번엔 같이 해보자는 말이 더 큰 용기를 허락할 때가 있다

전화를 하자는 말보다, 집 앞까지 왔다는 말이 더 무거운 애정을 내어 줄 때가 있다.

내가 편한 말 말고, 상대에게 필요한 말을 해주길.

내가 하고 싶은 말 말고, 상대가 듣고 싶어 하는 말을 옆자리에 남겨주길.

우리의 한마디는 타인의 영원을 책임지니까.

모두가 본인의 언어에 자신만의 색을 칠할 수 있길.

제 언어가 당신의 행복을 양껏 이바지할 수 있길 바라요.
당신이 질투와 분노가 가득 찬 어둠으로 홀연히 빠져버리기 전에,
당신의 심장에 제 색을 휘황찬란하게 덮고, 저를 또한 번 찾아오길 바라요.

저의 언어는 언제나 무너지는 당신을 위함이었어요.

너네가 틀린 적은 없었어

너희는 뭘 하던 성공할 사람이야.

너희는 누구를 만나도 사랑받을 수 있는 사람이야.

너희는 언제나 올바른 방향의 지표만을 따르는 사람이야.

너희는 실수를 저지르더라도 결론은 성공만을 지향하는 사람이야.

너희는 아픔을 디딜 수 있는 능력을 가진 사람이야.

너희는 목표를 향해 도약할 용기가 충분한 사람이야.

너희는 누군가에게 꼭 필요한 사람이야.

너희는 한 사람의 청춘 속 주연이야.

너희는 내 수미한 낭만이야.

너희는 나의 전부야.

괜찮아 애들아.

오늘도 역시나 너네가 정답이었으니까.

적당히 살자

적당히 내려놓고 살기로 해요 우리.

성적에 너무 큰 부담을 가지지 않기로 해요.
인간관계에서 내게 쥐어지는 아픔을 오롯이 혼자서
떠안으려 하지 않기로 해요.
본인의 외면을 스스로 깎아가며 억지로 가꾸지 않기
로 해요.
타인에게 좋은 사람이 되기 위해 나 자신을 포기하지
않기로 해요.

매사에 진중하지 마세요.
모든 것에 진심을 쏟지 마세요.
작은 것에 큰 의미를 두지 마세요.
떠난 것들에 미련을 붙이지 마세요.

당신에게 아직 찾아오지 않은 행복과 행운은 차마 다 셀 수가 없는걸요.

다가올 그날을 위해, 개랑하게 웃고 있을 나를 위해, 지금의 짐들은 저 깊은 곳에 조금 내려놓기로 해요.

당신이 잇따라 행복할 때면, 모든 것에 힘차게 나아갈 때면 나쁜 고민과 걱정들은 언제 그랬냐는 듯이 다 떠나가 있을 거예요.

온 힘을 다해 약속할게요.

이런 사람이 되기

기쁠 때 웃을 줄 알고 슬플 때 울 줄 아는 사람이 되기.
다름과 틀림을 구분할 줄 아는 사람이 되기.
잘못을 포용하되 완전히 수용하진 않는 사람이 되기.
자존심을 버리고 사과하는 방법을 아는 사람이 되기.
사랑하는 사람을 계속해 웃게 하는 사람이 되기.
어리광 부리는 법을 잊은 지 오래인 사람을 유치하게
만드는 사람이 되기.
사랑한다는 말을 가볍게 여기지 않는 사람이 되기.
본인의 부모님께 잘하는 사람이 되기.
이걸 읽었을 때, 누군가가 떠올려주는 사람이 되기.

좋은 사람이 되는 방법

좋은 사람이 된다는 것은 내 생각처럼 쉬운 일이 아니었다.

나의 호의가 누군가에겐 부담이었으며
나의 사랑이 누군가에겐 씻지 못할 상처였으며
나의 작은 실수가 누군가에겐 평생의 아픔이었으며
나의 부조리한 선택이 누군가에겐 비통스러운 한이었다.

능력 있는 사람, 필요한 사람, 멋있는 사람, 똑똑한 사람, 최고의 사람, 잘생기고 예쁜 사람보다 더 어려운건 좋은 사람으로 남는 것이었다.

돈과 애정은 비례하지 않았고

외모와 약속은 영원하지 않았고
운명과 사랑은 어울리지 않았다.

유일하게 우리의 곁에 남아있었던 것은, 나에게 있어
서 '좋은 사람'으로 평가받는 본래의 자신이었음을.
그렇기에 별다른 조건 없이도 스스로를 아껴야 한다
는 것을.

본인이 떠나갈 때를 아는 사람

굳건히 본인의 자리만을 지키는 사람이 진정한 '용기
있는 자'라고 생각했다.
남의 말을 너무 무겁게 담아 듣지 않으며, 본인의 뜻
만을 추구하고,
그것에 따라오는 이면성은 신경 쓰지 않는 것이 제일
이상적인 행동이라 생각했다.

아니었다.
자신을 필요로 하는 사람을 알고
누군가가 보내는 신호의 숨겨진 힘을 알고
본인이 없어야 하는 시간과 장소를 분별하는 법을 알고
하지 않아도 되는 일을 쉽게 등지는 사람이었다.

'진정한 용기 있는 자'는 본인이 떠나갈 때를 아는 사람이었다.

적절한 때를 골라 떠나갈 때, 본인의 뒷모습이 얼마나 든든한지 이미 깨달은 사람이었다.

눈물짓던 당신의 사계절이 될게요

당신의 눈물이 너무 대견해요.
그저 비탄의 허망한 승리 같지가 않아요.
순백을 잃어버린 자의 통탄 같지가 않아요.
하루가 지나길 무섭게 떨어지는 힘듦에 먼저 고개 젓
지 않을게요.

어쩌면 조금은 민망했을지 모를 신호들
"나 너무 힘들었다"
"기댈 곳이 없었다"
"지금까지 무얼 해야 할지 몰랐다"
"소중한 사람들한테 의도치 않은 상처를 줘서 늘 고
통스러웠다"
그것들을 눈치채지 못했던 나에게 넌지시 던지는 마
지막 고백인 거잖아요.

바보 같은 나에게 더 이상 해줄 수 있는 말이 없었기에, 상처의 색이 지금보다 더 짓무르기 전에 겨우겨우 토해낸 진심이잖아요.

스스로의 고통과 얼마나 오랜 고투를 해왔을지 먼저 알아주지 못해서 미안해요.
앞으로는 제가 당신의 사계절이 될게요.
봄엔 낭만을
여름엔 선선함을
가을엔 옆자리를
겨울엔 온도를 선물할게요.

당신에게 찾아오는 위협과 불안들을 지나간 후에야 깨닫지 않을게요.
아픔을 대신할 수 없다면, 그것을 잊을 정도의 청춘이 가득한 정서를 선물할게요.

두꺼운 고민을 가졌던 심려가 한결 가벼워지게 해드릴게요.

나만의 위로를 전하는 법

양어깨에 꾸욱 눌러앉은 무던한 세월의 핍박을 끌어
안은 당신을 볼 때면,
제가 당신이었으면- 하는 시답잖은 생각을 몇 번이고
되뇌이곤 해요.
행복의 가장자리와 절망의 문턱 사이에서 위태롭게
유랑하고 있는 모습이 유독 고독해 보일 때가 있어요.
세상에 날 때부터 제 모든 예쁨들은 당신을 위한 것
이었는데
그 유일함이 어째서 닿지 못한 것일까- 들끓는 눈시
울을 느리게 문지르다가도
한 줌의 위로를 쌓아 올리기 위해, 다시 한번 펜을 잡
고 키보드에 손을 올려요.
내 모든 것들을 당신의 행복으로 건넬 수 있었으면
좋았을 텐데.

사랑하는 마음 그 이상으로 늘 당신을 위할게요.

발자국의 채취를 조용히 따라 걸으며, 저만의 위로로 덮어줄게요.

당신의 뒤에서 걸을게요.

아픔이 옅어지고, 사람을 망각하고, 유통기한 지난 사랑을 토해낼 때까지

뒤에서 달라붙어 달려오는 불행들을 당연하게 막아줄게요.

왜곡 없이 전하는 진심

한 걸음이라도 더 맞춰보려는 제 몸부림이 어쩌면 상처가 되진 않았을까 주기적으로 걱정하곤 해요.
제 딴에서 가벼운 위로가 당신의 내면 속 애써 부정하던 상처를 괜히 한 번 더 긁어버린 것이 아닐지, 한 글을 썼다 지웠다를 반복해요.

제 진솔한 단어 하나가, 음절 하나가 그저 어쭙잖은 장난이 아니라는 것을 알아주세요.
저는 당신이 저보다 부단히 섬세한 미소를 다스리는 사람이라는 걸 알아요.
그런 당신과 발을 맞추며 걷고 싶어요.

비루한 핑계로 상처 주지 않을게요.
채워지지 않은 진심으로 공허함을 대신하지 않을게요.

가라앉은 어조로 한계를 입에 올리지 않을게요.

당신을 감도는 거미를 기피하지 않을게요.

그런 제 진심을 왜곡 없이 받아주셨음 해요.

한 치의 유희도 없이 완벽한 열락을 선물하기 위해 노력할게요.

언제까지고 제 언어는 무너지는 당신을 위하니까요.

나를 사랑하는 게 먼저니까

근본적인 사랑과 애정은 상대에 대한 애정으로부터
시작된다고 생각했다.

나보다 타인을 챙기기에 더 능숙했고
날 깎아내리며 타인을 올려주기에 바빴고
내가 가지지 못한 것들을 타인에게 넣어주기 급급했다.

사실 가장 근본적인 사랑은 자기애가 아닐까.
사실 나와 가장 오랜 시간 동행할 대상은 나 자신이
아닐까.
세상 많은 사람들의 첫 번째 우선순위가 본인 이름이
아닌 다른 명사가 아니었으면 좋겠다.

꼭 깨달았으면 좋겠다.

나 자신을 먼저 사랑해야 타인 또한 사랑할 수 있다
는 걸.
나 자신을 먼저 이해해야 타인 또한 포용할 수 있다
는 걸.

아무렴 괜찮다.
너가 그 사실을 알아채기 전까진 내가 널 사랑할 테니.

당신의 도피를 이해해요

어째서 사람들은 혹독함에서 벗어나 약간의 여유를
끌어안으려는 것이 비겁한 일이라고 생각할까요.

잠깐의 휴식을 게으름으로 치부하고
조금의 호의을 가십거리로 만들고
용기 내어 고백한 진실을 한순간의 거짓으로 포장해
버리고선
너가 비겁한 사람이라며, 가뜩이나 고생이 한 가득인
이들에게 더 무거운 손가락질을 멋대로 얹어대잖아요.

사랑하는 당신에게, 제가 그 못된 손짓을 다 거둬주지
못하는 게 항상 답답해요.
당신의 도피는 절대 부끄러운 게 아니에요.
차가운 세상 속에서, 연약한 한 송이의 꽃의 숨결을

다룬다는 것은 결코 쉬운 일이 아니니까요.

아무도 환영하지 않아도, 저만큼은 합당한 도피를 도울게요.
본인이 스스로 개척해 낸 어둠 뒤에 숨겨진 속마음을 깨달을 때까지 뒤에서 바라볼게요.
저는 당신을 이해해요.
당신의 도피를 이해해요.

지금처럼만

너를 시기하는 명사들이 여럿이고,
너가 애정하는 것들을 감히 멸시하는 이들에게 너무
마음 쓰지 말길.

부디 세월을 운운해 가며 너를 좌우하려는 사람에게
한 부분을 도려내 건네지 않길.

너는 그저, 너를 사랑해 주는 사람들 사이에서, 지금
처럼만 행복하면 됨을 잊지 않길.
그것으로 충분한 존재임을 깜빡하지 않길.

행복이 별거 있나요

저희 조금 단순하게 행복해 볼까요.

최신형 노트북 말고, 몇십 년 전의 노래가 가득한 MP3를 가지고 다녀 봐요.

수입품 과자들 말고, 문구점 앞 모퉁이에 숨겨져 있는 몇 백원짜리 초콜릿을 한 움큼 사봐요.

고급 레스토랑의 요리 말고, 평소 좋아하던 패스트푸드로 대충 끼니를 때워봐요.

이해도 잘되지 않는 철학 책 말고, 모두가 비웃지만 내가 좋아하는 만화책을 읽어봐요.

마음에 들지 않는 명품 브랜드의 옷 말고, 길거리에 파는 옷들을 돈 걱정 없이 장바구니 가득 담아봐요.

어쩌면 행복이라는 것은, 저희의 생각보다 훨씬 더 단순한 것일지도 몰라요.

행복해지는 것은, 그리 거창한 것들로부터 비롯되는

게 아닐지 몰라요.

남들이 대수롭지 않게 여기는 것들을 지키는 게 전부

일지 몰라요.

너를 아끼기엔 세상이 비겁해서

이렇게 살면 안 되는 사람인데.
괜한 말들에 상처받고
되도 않는 거짓들에 휘둘리고
최선이 안일한 핑계로 가볍게 짓밟히고
능력이 무자비하게 내쳐지며 살 사람이 아닌데.
당신을 품어내기엔 아직 이 세상이 썩 너그럽지 못한
가 봐요.

당신 잘못 아니에요.
당신 때문 아니에요.
당신 탓 아니에요.
이미 충분히 잘했어요.

힘들 땐, 더 힘 내지 말고 멈춰버려요.

아무도 뭐라 못해요. 할 수 있을 만큼만 해요.

저만큼은 언제나 무너져도 좋다고 말해볼래요.

내려놓는 게 마냥 약한 것만은 아니라고 말해줄게요.

오늘 하루만큼은 모진 것들 다 세상 탓으로 치부해

버리고 숨 좀 돌려요.

당신의 하루가 평온하길

당신의 하루가 필요 이상으로 덧나는 부분 없이 말끔
했으면 하는 바람은 저도 크게 다르지 않아요.

안온한 평화에 쌀쌀한 바람이 휩쓸고 지나가지 않았
으면 좋겠고
눈을 감는 밤의 여럿이 언제나 정돈되어 있으면 좋겠고
걸어 다니는 길목에 좋은 인연들이 당신을 반겨주었
으면 좋겠어요.

간간이 튀어나온 부정을 이겨낸 용기에서 나타난 사
랑을, 당신의 행복을 창조했던 이에게 다시 전달해 주
기로 해요.
그 사람과 어제보다 더 호탕하게 웃으며 살아가기로
해요.

가급적이면 오늘 밤은 심하게 무르고 부드러운 꿈에
도취되길.

선한 이들이 아픈 사회 속의 긍정

늘 상대의 안부를 살피는 당신의 안온함을 세심하게
챙겨주는 사람이 없는 것이 늘 마음에 걸려요.
누구에게나 이타적인 이가 상처를 껴안는 것은 이 세
상에서 당연해져 버린 것 같아요.
차가운 부정과 냉정 속에서도 상대를 위하는 당신이
오늘도 아파하고 있는 것이 아닐까 걱정돼요.
저와 함께 라온을 원하고, 소실점에서 연명하던 깨끗
함으로 모든 흉터를 찬란히 흘려보내요.
전 언제나 당신의 사람이고, 당신은 그 무엇과도 바꿀
수 없는 저만의 축복이니까요.

위로가 상처가 되지 않게

부디 행복해 달라는 말까지 되려 그래야만 하는 압박으로 옥죄어 오는 건 아닐까, 다시 한번 말의 무게에 대해 깊이 고찰해요.

무작정 행복하기엔 우선적으로 해결해야 할 숙제가 너무 많은 사람에게, 아무 생각 없이 뱉은 단어가 괜히 더 아프게 들릴 수 있잖아요.
이미 충분히 아픈 사람에게 아프지 말라는 말이 대체 어떤 감동을 베풀 수 있을까요.
그렇게 되고자 하는 마음은 자신도 크게 다를 게 없는데, 그것조차 모르면서 표현을 함부로 하는 언행에 어떤 웃음으로 화답할 수 있을까요.
무조건 이겨내야 한다는 생각으로 버티는 건 스스로를 더 무참하게 만들지도 몰라요.

언제까지고 똑같은 말들로 상처 주지 않을게요.
반창을 아무렇게나 채우려 하지 않을게요.
동정으로 메꾸지 않을게요.
연민으로 대하지 않을게요.
원하는 말로 고르게 위로할게요.

그럴 수도 있지

뭐 어때.
실수 한 번 할 수도 있고
친구랑 한 번 멀어질 수도 있고
부모님과 한 번 다툴 수도 있는 거지.
다들 처음 사는 인생인데.
후회하고, 절망하고, 좌절해도 뭐 어때.
무겁게 눌린 채로 흐느끼지 말고, 한마디로 다 잊고
새로 시작하자.

그럴 수도 있지.
나도 내가 처음인데,
그럴 수도 있지 뭐.

당신은 행복해야 하니까

부탁이에요.

세상에 정말 신이 존재한다면, 그들을 위로해 주세요.

설령 내 기쁨이 그들에게 옮겨가더라도

그 대가로 내가 더 아파야 한대도

그들을 행복하게 해주세요.

많이 아프고

많이 울고

많이 고통받고

많이 좌절했을 그들에게

조금의 자비를 더 베풀어 주세요.

더 행복해 마땅할 사람들이에요.

저를 앗아가고 그들의 풍부한 웃음을 돌려주세요.

이 글을 읽는 사람에게, 어제보다 더한 상처가 조금도
허용되지 않게 해주세요.

이미 완벽한 사람

당신은 어찌해도 이미 아름답다.
여러 서사를 담고 있는 눈동자
예쁜 수식어로 가득 찬 입술
어떤 것보다 따스한 온도를 품은 손
이미 충분하게 곱다.
더욱 커다란 것을 가지려 애쓰지 않아도 괜찮다.

모두에게 주어지는 아픔이라면

전 제가 남의 아픔을 대신할 수 있다면 그럴 것이고, 남의 내 아픔을 기꺼이 함께하고자 한다면 완곡한 언어로 애써 부정을 대신할 거예요.

경계선 없이 모두를 넘나들어야 하는 고생 따위는 전부 제 온기로 넘겨 버릴게요.

당신이 아픈 것을 보는 게 저에겐 몇 배의 고통이거든요.

최대한으로 당신 대신 아파해 줄게요.

그만큼 덜 아파하고, 더 행복해지세요.

너의 앞길에 더욱 만개할 꽃

너의 앞길에 충분히 만개할 꽃들을 먼저 시들게 하지 않았으면 좋겠어.

네게 주어진 풍성한 안식의 기점을 밝은색으로 덮어주고 싶어.
예쁘다는 말과 소중하다는 말로는 결코 그 이상을 가진 너를 감당할 수 없다는 걸 알아.

비틀려서 와버린 축복에 허우룩해진 너의 눈동자를 담아볼 때면,
내가 사랑하는 것들에 대해 짧은 회의감을 느끼곤 해.
괜찮을 거라는 한마디조차 상처일까 망설이는 나인데,
네가 저항 없이 형태를 따라 무너지는 모습을 어떻게 지켜보기만 할 수 있겠어.

너가 순간을 극복하는 그 모든 시간 동안 함께하고
싶어.
내가 너를 도울 수 있으면 좋겠어.

완성되지 않아 더욱 아름다운 것들을 사랑해요.

내가 남은 공백을 조금이나마 메워줄 수 있지 않을까
착각이 들게 하는 것들을 좋아해요.
결코 온전치 못한 형태는 언제나 다른 것으로 성장할
수 있기에.
일부를 원하는 차림으로 마음껏 꾸며낼 수 있기에.
끝을 염원하는 동시에, 시작을 디딘 모든 것들을 가져
볼 수 있기에.

그렇기에 저는 아직 완벽하지 않은 당신을 아껴요.
때를 놓쳐 잠시 방황하는 당신의 거동조차 늘 그리워
해요.

나를 위해 살아가는 것

살아가는 데에 그럴싸한 이유가 대체 왜 필요해요.

당신에겐 이미 제가 있으니까, 당신을 필요로 하는 제가 있으니까 살아갈 명분 따위는 언제나 충분하지 않아요?

당신들이 사랑하는 사람들이 웃고 있기를 진심으로 원한다면, 당신이 먼저 그들을 안아줘야죠.

살아간다는 건 그것 자체로도 커다란 용기가 필요한 거잖아요.

삶과 약속한 시간을 스스로 달리할 필요는 없잖아요.

정말 잘하고 있어요.

전 당신이 오늘보다, 내일 훨씬 더 잘할 거라는 걸 알아요.

그러니 내일도 웃으면서 만날 수 있기를 바라요.

'내 사람'이라는 확신

내 영원이 되기를 마다하지 않은 사람들이 요즘 들어 굉장히 예뻐요.

내가 누군가의 사랑을 받는 것이, 나의 사랑을 내어주는 것보다 훨씬 까다로우니까요.
허락 없이 내 사람으로 칭했던 사람들이 비로소 진정한 '내 사람'이라고 확신한 순간만큼 행복한 때가 없었던 것 같아요.
그래 놓곤 내가 너의 행복이라 기쁘다며 웃는 미소가 얼마나 존경스러운 것인지 본인은 알까요.
언젠간 꼭 말해주고 싶었어요.

당신이 내 사람이 되었다는 건 내가 막연하게 당신을 믿어서 그런 게 아니라, 당신이 이미 충분한 자격이

있는 사람이었으며, 그걸 제가 남들보다 조금 빨리 깨
달은 것뿐이라고요.

당신이 제 버팀목이라는 걸 고마워하지 않아도 돼요.
제 연약한 의거 속, 상당한 주체로 남아주는 게 얼마
나 큰 용기가 필요한데요.
하지만 결국 당신이 제 사람이라 기뻐요.
당신이 몇 없는 제 반가움을 닮아 줘서 너무 행복해요.

너를 멀리하는 이유

언제나 다정하고 태어난 곳을 짐작할 수 없는 밝은 눈동자를 사랑한다.
온유한 것들은 약한 충격에도 쉽게 무너지기 마련이니까.
눈을 맞춰주지 않으면, 그대로 갈 길을 혼동하는 여린 존재들이 조금이나마 단단해지길 원했다.
본래 친절한 것들엔 굴곡진 흠집이 나기 마련이니까.

그러니 네가 지금 글을 보고, 노래를 듣고, 음식을 먹고, 감정을 느끼고 훌쩍이는 것은 당연한 걸지도 몰라.
꾸준히 버티다 지금에야 무너진 게 다행인 걸지도 몰라.
사람들이 너를 가까이 두지 않는 것은, 감히 작은 상처라도 붙이게 될까 두려웠던 것일 테니 꼭 커다랗게 고민을 거푸해 되뇌지 않아도 괜찮아.

너는 네 생각보다 훨씬 온호한 사람이거든.
네가 선한 사람임을 인정할 수 있는 사람들은 꾕장히 많거든.

괜찮아?

괜찮아?
그냥 하는 말 말고, 정말 괜찮은 거야?

사랑하는 사람에게 끝까지 진심을 전하지 못하고 집
에 돌아오는 길은 괜찮았어?
부모님을 실망시킨 게 죄스러웠던 날의 눈물의 무게
는 좀 가벼워졌어?
소중한 이들을 잃어버린 자신을 향하던 격분은 이제
조금 사그라들었어?

그냥 아무도 너한테 물어보지 않았을까 봐.
아무도 너를 위하지 않았을까 봐.

내가 건네는 물음표는 항상 너만을 위한다는 걸 알잖아.

나한테만큼은 솔직해져도 돼.

괜찮지 않으면 한 치의 고민도 없이 그렇지 않다고
고백해도 돼.

다른 사람들처럼, 입에서 과정 없이 쏟아냈던 동정을
남들이 하지 못하는 위로로 가장하지 않을게.

너무 강한 척하지 않아도 돼.

많이 다쳐버린 네 모습까지도 난 사랑해.

나를 찾아오면 돼

저는 생각보다 바스러지지 않는 섬려한 진심을 가득
가지고 있어요.
당신을 위로하러 달려갈 수 있는 보폭을 굉장히 넓게
다스리고 있어요.
모두를 사랑하고도 남을 양의 보살핌을 머금어 두고
있어요.
언제나 쌓아두던 감정을 흩뿌려줄 준비가 되어있어요.
그러니 지칠 때면 원하는 답들만 골라 가져가세요.
당신을 위해 생겨난 위로의 조각은 이미 가득해요.

필요한 말을 하는 사람

과도하게 머뭇거리는 상대에게, "난 원래 신중한 사람이 좋더라"
무리하게 감정을 뱉어내는 상대에게, "혼자 참는 것보다야 이게 훨 좋지"
후회를 거듭하는 상대에게, "정 모르겠으면 다음엔 나를 먼저 찾아와"
똑같은 실수에 넘어진 상대에게, "이번에도 내가 도와줄 수 있겠다"

당시에 필요한 말을 제일 예쁘게 해줄 수 있는 사람.
자신만의 두둑한 언어를 구사하는 법을 아는 사람.
최소한의 비난과 비판 없이도 쉼터가 되는 말을 할 줄 아는 사람.

세상에서 제일 강인한 사람이다.

제일 나긋해서, 제일 강한한 사람이다.

너를 위한 사계절의 축복

네가 사계절 내내 편히 웃었으면 좋겠어.

봄에는 피어난 벚꽃나무 잎의 개수만큼 다복한 일이
가득했으면 좋겠고
여름에는 넓은 나무 밑에서 불어오는 바람을 쐬었으
면 좋겠고
가을에는 좋아하는 구황작물을 잔뜩 쌓아놓고 먹었
으면 좋겠고
겨울에는 전기장판 위에서 보고 싶던 영화를 실컷 눈
에 담았으면 좋겠어.

빠지는 계절 없이 당시의 좋았던 일들을 무수히 나열
했으면 좋겠어.
다가오는 요행들에 깊이 잠겼으면 좋겠어.

듬성듬성 비어 있는 공허함을 지탱할 무언가가 존재
했으면 좋겠어.

다른 거 필요 없이 무식하게 나는 네가 행복만 했으
면 좋겠어.

네가 제일 좋아

나는 네가 제일 좋아.
너랑 손잡고 웃는 게
너랑 맛있는 음식 먹는 게
너랑 바람 쐬면서 이야기 나누는 게
너랑 같은 열쇠고리 달고 다니는 게
너랑 버스 옆자리에 앉아 조는 게
너랑 함께 고른 책 나눠 읽는 게
너랑 서로 선물 골라주는 게
너랑 견제, 질투, 열등감 하나 없이 함께 가며 달려 나
가는 게
제일 좋아.

당신과 당신을 보내고자 합니다

우리가 서로에게 각 맞게 스며들었음 합니다.

어떤 이유로부터 열린 무거운 걸음인지엔 귀를 닫고
첫 마디부터 갈라지지 않고 가지를 뻗어 높은 곳에
닿고자 합니다.

당신이 아프면 저도 흉이 지고
당신이 꽃을 사면 저도 민들레 한 송이를 구경하고
당신이 옷을 가꾸어 입으면 저도 사진기를 들고
당신이 크게 소리를 지르면 저도 옆에서 부아를 감추
지 못하고

그렇게 따로따로 결렬되어선 공생도, 영생도 할 수 없이
서로가 없다면 무수히 사랑했던 것들이 결코 성립될

수 없도록

당신과 당신을 보내고자 합니다.

곁에서 당신을 끝까지 보필하고자 합니다.

가장 투명한 청춘기의 사랑

평범하게 현재를 이겨내지 못한대도 원망하지 않습
니다.

시답잖은 핑계로 지나가는 구름에 외로움을 떠밀어도
노곤한 여름에 모든 씨앗이 잠시 시들어도
그 누구도 찾지 않는 멜로디에 많은 걸 의지해도
잎이 다 떨어진 나무에 제일 예쁘다는 거짓을 보태도
칼바람에 맞설 만한 포근함이 이리저리 찢겨도

아무렴 괜찮습니다.
모두가 말하는 '정석'이 아닌 형태로 세월을 흘려도
좋습니다.
스스로 충분하다 뻔뻔하게 웃어도 모자람이 없습니다.
이것이 우리가 지킬 수 있는 가장 근실하고 철저한

행복이니까요.

우리만이 할 수 있는 가장 투명한 청춘기의 사랑이니까요.

네 뒤에서 함께 달릴게

쉬는 시간 없이 여기까지 달려오느라, 정말 고생 많았어.

가끔은 포기하고 싶었을 거고
내려놓고 싶었을 거고
주저앉아 펑펑 울고 싶었을 텐데
여기까지 와줘서 고마워.

어찌저찌 버티다 보니, 이렇게 이겨냈잖아.
봐, 넌 될 사람이라고 했잖아.
앞으로도 똑같이 버티면 돼.
내가 함께 달릴게.
절대 널 앞지르지 않고, 옆에서 눈을 마주치며 비슷한
위치에 머무르던 단어들을 나누며 동행할게.

우리 조금만 더 버티자.

지금 이렇게, 몇 번만 더 해내 보자.

할 수 있어.

넌 이제 혼자가 아닌걸.

자주 만나자

'얼음을 머금은 태양'이 당신이 먼저 찾아와 준 도피처라 너무 안심돼요.

이젠 정말 모든 것이 끝난 것 같을 때, 위로를 얻으려 찾아오는 방문이라 늘 행복해요.

앞으로도 당신의 삶에 지지대가 되고 싶어요.

당신이 있기에 제가 있고, 당신이 있기에 제 글이 있어요.

다소 잦은 방문을 두 팔 벌려 환영해 줘서 고마워요.

앞으로도 견고하고 탄탄한 믿음을 가진 저를 찾아와 주세요.

언제나 지쳐버린 당신을 기다리고 있을게요.

당신이 웃는 모습을 길이길이 지켜보고 싶어요.

너무 바쁘게만 살아왔나 봅니다

정처 없이 떠돌다 발견한 민들레 꽃 한 송이를 쭈그
려 앉아 몇 분을 그대로 바라봅니다.
그러고선 바로 어린 시절에 집처럼 드나들던 놀이터
로 향합니다.
떡볶이 한 컵을 먹으며 지나가는 어린아이들을 지긋
이 바라보다, 목소리조차 잘 기억나지 않는 사람의 번
호를 두드립니다.

먹고 사는 게 바빠서
현생을 지키고 다루기가 급해서
우리는 어쩌면, 우리에게 주어진 가장 소중한 것들을
오랜 시간 동안 잊고 살았는지 모릅니다.

그렇기에 아무런 여건도, 목적도, 사유도 없는 방황이 그토록 여유롭게 느껴지는 것이겠죠.

우리는 마음속의 경황이 무척이나 척박한 사람들인가 봅니다.

하루하루 숨 가쁘게 살아가서 자신과 주변을 살필 시간조차 모자란 사람들인가 봅니다.

제 글이 지금이 현재가 너무 흐릿할 때, 마음의 짐을 내려놓고 필요할 때마다 골라 가는 힘의 원천이었으면 좋겠습니다.

그러니 이 책을 읽고 난 뒤에, 사랑하는 사람들에게 전화 한 통 건네보는 것이 어떨까요?

오랜만에 연락해서 미안하다고.

너무 사랑한다고.

네가 있어서 행복하다고.

어떤 책을 봤는데, 그 글이 아주 예뻤다고.

그런데, 그걸 보자마자 네 생각이 났다고.

작가의 말 & 서평

⟨작가의 말⟩

아주 어린 시절부터 글을 쓰기 시작했다. 이제 막 엄마 아빠를 가냘프게 부를 시절부터 아는 단어들을 끌어모아 노래 가사를 엉터리로 지어 불렀고, 연필을 쥐는 법을 알게 된 이후론 조잘조잘 인생에 대해 박식한 양 떠들어댔다. 그리 성장해 '사람의 가슴을 울리는 문장'을 쓰게 되었을 땐, 내 이름으로 된 책을 내야겠다는 막연한 다짐을 하게 되었다. 한평생 못 이룰 줄로만 알았던 기서가 실로 이루어질 줄은 전혀 모른 채로.

'내 딴에서의 위로가, 누군가의 평생 고민거리를 그저 한 페이지의 소재로 치부하는 것이 아닐까' 글을 쓰는 내내 고민했다. 누군가를 살아가게 하기 위한 일이 되려 역효과를 내고 있는 것이 아닐까- 하는 우려와, 활자로 찍어낸 여린 학생의 언어를 원하는 사람들이 존재할지의 의문과 함께 말이다. 하지만 우리는 주변의 울부짖음에 조금만 관계해도 손쉽게 눈뜰 수 있다. 작가는 두드러지는 무언가를 가지고 있는 사람만이 도전할 수 있는 것이 아니라고. 평범하고, 남들과 엇비슷하게 지내는 사람들도 저마다 고개를 끄덕일 만한 가치가 다르기에, 누구든지 작가가 될 수 있다고.

이 책을 접한 수많은 태양에게 말해주고 싶다. '얼음을 머금은 태양'의 작가도 현재 당신의 모습과 크게 다를 것 없던 작은 사람이라는 것을 기억하라고. 당신도 충분히 위대한 작가로 비상할 수 있음을 모두에게 증명할 수 있다고.

사랑하는 독자님들! 아무래도 첫 작품으로 내보인 책인 만큼, '얼음을 머금은 태양'을 보여 드리기까지 대단히 많은 시간이 걸렸던 것 같지만, 그럼에도 제 진심이 이 끝 페이지까지 닿은 것 같아 굉장히 기뻐요. 전국적으로 뻗어 가진 못해도, 내 목소리가 간절한 사람들에겐 닿을 글을 쓰겠다며 주먹을 불끈 쥐곤 했었는데, 때맞춰 찾아와 준 독자님들 덕분에 목표에 도달하려 겪어온 성장통이 더는 아프지 않아요. 수줍지만

한편으론 당돌한 제 고백을 내밀 수 있는 사람이 있다는 것이 얼마나 감사한 일인지를 덕분에 다시 깨닫게 되었네요. 제가 차곡차곡 쌓아왔던 글들이 과연 얼마만큼의 삶의 예쁨을 가져다 드렸는지 궁금해요. 놀라운 변화가 아니더라도 아픔을 어루만질 수 있게, 사랑을 용기 내 건넬 수 있게, 주변을 위로할 수 있게, 적은 양이더라도 가능성만큼은 무한한, 독자님들의 웃음을 똑 닮은 희망을 세상에 마구마구 뿌려내시길 기원할게요. 독자님들은 제 인생에서 제일 크고 든든한 태양이니까요. 이미 제 행성에는 독자님의 이름을 한 태양들이 가득 만개하고 있어요. 그러니 지레 겁먹지 말고 더 힘껏 빛나시길 바라요. 제 인생에서 절대 빼놓고 논할 수 없는 페이지들을 꾸며주셔서 감사합니다. 앞으로도 더 좋은 작품들로 찾아와 스스로 더욱 가치 있는 사람이 되도록 끈질기게 노력하겠습니다. 유독 차게 바람이 불었던 날에 작가의 손을 떠난 에세이가 매정한 추위를 뚫고 살갗에 포근히 내려앉길 바랍니다. 마지막으로, 이 책이 빛을 볼 수 있게 도와주신 포레스트 웨일 출판사, 민경재 편집장님, 크고 작은 지원을 아끼지 않으셨던 남궁수현 선생님과 학

교의 모든 교사분들, 서평단 홍성신 선생님, 정채은 언니, 유튜버 김그린, 표지 제작에 많은 도움을 줬던 동현이, 서희, 가을이, 내 보물이 질타에 크게 베일까 염려하면서도 결국엔 빛날 기회를 받아들여 주신 부모님과, "나는 네가 성공할 줄 알았다" 응원해 주었던 친구, 선후배들까지 곁을 떠나지 않았던 모든 지인들과 마지막 장의 영광을 나누며 마무리합니다.

여러분 모두가 이 책을 읽고 남들보다 더 넓은 세계로 힘차게 뛰어오를 결심을 얻어가셨길 바라며.

<서평>
[심리상담사 겸 교사 홍성신]

책을 읽으며 첫 번째로 떠오른 감정은 마틴 셀리그만의 '긍정 심리학'을 다시 펼쳐보고 싶은 충동이었다. 이 글은 한 편의 시처럼 삶의 의미와 행복에 대해 깊이 있는 고찰을 제시하며, 긍정적 감정을 불러일으킨다. 작가는 순간, 사랑, 그리고 자신으로 소소한 순간들로 채우고자 노력한다. 이는 셀리그만이 말한 긍정심리학의 원칙과 닮아 있다. 작고 소중한 일상에서 행복의 씨앗을 발견하는 것이 진정한 행복의 시작이라는 생각이 들었다. 또한, 저자의 사랑에 관한 이야기는 주변 사람들의 감정을 더 깊이 살피겠다는 다짐을 하게 만든다. 저자는 사랑하는 사람과의 소소한 일상에서 낭만을 발견하고, 사랑하는 이에게 헌신하는 과정을 담담히 서술한다. 그 사랑은 대단한 희생이나 극적인 사건이 아니라, '봄날의 꽃잎을 잡는 것'처럼 작고 평범한 순간들에서 비롯된다. 이를 통해 나 역시 주변 사람들의 마음을 더 세심하게 살피며, 그들의 소소한 기쁨과 슬픔을 함께해야겠다는 다짐을 하게 되었다. 결국, 이 글은 내게 행복의 씨앗이 항상 거창한 목표나 미래에 있는 것이 아니라, 바로 내 옆의 작은 순간들에 깃들어 있다는 것을 깨닫게 해주었다. '영원'과 '사랑'은 우리 삶의 일상 속에서 발견되는 작은 기쁨들이 쌓여 이루어진다. 이를 통해 나는 이제부터라도 그 소중한 순간들을 놓치지 않고, 사람들과 함께 살아가며 행복을 느끼는 법을 배워가야겠다는 결심을 하게 되었다. '지천명'의 나이에도 천명을 알려고 하지도 않은 나에게 행복한 삶의 방법을 일깨워준 저자에게 고맙다는 말을 전하며, 저자의 앞날에 무궁한 발전과 영광이 함께하길 두 손 모아 빈다.

[인플루언서 정채은]

젊음의 추억은 시간이 지나서야 비로소 꽃핀다는 말
이 있다.

책 내에서 문득 드리우는 무거운 질문은 가쁜 하루를
살아가는 우리에게 묵직한 숙제 하나를 건네주는 느
낌이 들었다. 작가는 한 문장의 무게, 한 단어들의 맛
을 친절하게 알려준다. 음미하는 한 구절 한 구절 속
에서, 앓아 썩어 문드러져 가던 상처를 긁어주는 그
녀의 간절함에, 나는 책에 더욱 몰입할 수 있었다. 작
가가 정의하는 세계 속의 사랑은, 보다 헌신적이고 한
사람에게 뿌리 깊게 자리 잡아 가는 구절들이 자주
눈에 띄었다. 헌신적인 사고방식의 사랑은 나를 무너
뜨린다는 생각조차, 작가의 사랑 속에선 한없이 아름
다운 모습으로 꽃피었다.

[유튜버 김그린(활동명)]

나는 굉장히 다양한 사람을 만나고 있기에, 모르는 사람이 무심코 던진 말에 때때로 상처받기도 하지만 되려 그렇기에 얼굴도, 이름도 제대로 모르는 사람의 말에 미소를 짓고 눈물을 흘린다. 그것은 이 책의 독자들도 크게 다르지 않을 것만 같다. 나를 뒤에서 지지해 주는 따스한 사랑. 나의 볼을 어루만져주는 간질거리는 사랑. 때로는 나와 함께 울어 줄 수 있는 넓은 바다 같은 사랑. 사람의 마음을 움직이고 이해해주는 이 책이 건네주는 조심스러운 사랑의 말에 여러분 모두가 나와 함께 위로받았으면 한다.

얼음을 머금은 태양

초판 1쇄 발행 2025년 2월 19일
초판 2쇄 인쇄 2025년 3월 05일

지은이   김유형

디자인   포레스트 웨일
펴낸이   포레스트 웨일
펴낸곳   포레스트 웨일
출판등록   제2021 - 000014 호
주소   충청남도 아산시 탕정면 용머리길 40 유니콘101 216호
전자우편   forestwhalepublish@naver.com

종이책   979-11-93963-94-4